COLLECTION SÉRIE NOIRE
créée par Marcel Duhamel

Nouveautés du mois

1930 — LE CHIEN DE MONTARGIS
(JEAN AMILA)
Mollo, les molosses !

1931 — LA CHASSE AUX FURONCLES
(FRANK PARRISH)
Vingt Dieux, la belle histouère !

1932 — ROCK BÉTON
(LUC VERNON)
La personne qui a dit :
« La musique adoucit les mœurs »
était certainement sourde

1933 — ÇA S'ARROSE
(RICHARD A. MOORE)
Les petits pots de vin font de grandes rivières de sang

RICHARD A. MOORE

Ça s'arrose

TRADUIT DE L'AMÉRICAIN
PAR MICHEL DEUTSCH

nrf

GALLIMARD

Titre original

DEAD COP BLUES

Pour mes filles :
Colleen et Elizabeth

1

On peut gagner une bataille contre le chef de la rubrique locale d'un quotidien. Une guerre, jamais. S'il est fûté, il laissera à l'occasion un reporter remporter une bataille sans déclarer la guerre mais, hélas, un chef de rubrique fûté est aussi difficile à trouver qu'une licorne : au moment où l'on croit qu'on en a déniché un, on s'aperçoit qu'il ne s'agit que d'une chèvre à l'hérédité chargée.

Nous ne nous étions jamais bien entendus, Fred Dobbins et moi, mais depuis quelques mois, l'antipathie réciproque qui nous liait s'était transformée en aversion pure et simple. Il avait réécrit un de mes papiers et le texte remanié par ses soins comportait une erreur factuelle magistrale. Il est très désagréable pour un journal d'avoir à se rétracter et le colonel qui exerçait les fonctions de rédacteur en chef du *Daily News* détestait tout particulièrement les autodémentis en page une.

Dobbins avait essayé de me faire porter le chapeau mais, heureusement, j'avais gardé un double de l'original. Et il s'était juré de me posséder à l'instant précis où le patron lui avait brandi l'irréfutable document sous le nez.

Etant accrédité auprès du Capitole d'Etat, je n'avais pas à me faire de bile : je ne pouvais pas être interdit de reportages et pas question que mes papiers soient étouffés. En outre, pour que Dobbins me limoge, il aurait fallu que je fasse une bourde monumentale et j'avais une trop longue expérience du métier pour tomber dans ce piège. Mais, en tant que chef de la rubrique locale, il lui était loisible de se rabattre sur la tactique de l'humiliation en m'obligeant à pondre le genre d'articulets calamiteux que l'on ne peut signer sans déchoir. Un reporter, c'est comme un acteur de composition à qui l'on ne proposera jamais un rôle sérieux s'il a un jour la réputation de rater ses entrées...

Dobbins m'appela à la salle de presse du Capitole qui était quasiment mon usine.

— J'ai un truc pour vous, Whitfield, m'annonça-t-il. C'est exactement dans vos cordes.

Je compris instantanément que les ennuis commençaient.

— Je vous écoute.

— Il semblerait que le gouverneur de la Caroline du Sud ait un problème qui ne peut être résolu qu'à Atlanta. Il s'agit de son chien qui salope les précieux tapis de sa résidence de Columbia. Personne n'a réussi à faire entendre raison à ce cabot. Du coup, le gouverneur l'expédie dans une école de dressage ici.

Il ménagea une pause mais je gardai le silence.

— Ce chien est un... (Cette fois, il ne put contenir plus longtemps un hennissement de joie.) Je vous jure devant Dieu que je n'invente rien. C'est un Shih Tzu.

J'attendis que son hilarité prenne fin pour lui poser la question dont je devinais déjà la réponse :

— En quoi ça me concerne-t-il ?

— Il se trouve que je n'ai actuellement personne sous la main pour couvrir ce sujet. Alors, j'ai pensé à vous. Vous avez accompagné le gouverneur de la Caroline du Sud à la conférence régionale des gouverneurs et à ses réunions politiques. Ça pourrait être un avantage.

— Comment ça ? Il vient avec son chien ?

— Non, il n'y a que le chien qui vient, admit Dobbins. Mais vous aurez peut-être envie de faire un papier plus tard sur les résultats obtenus par le dressage.

Il avait toutes les peines du monde à garder son contrôle de soi et j'en étais à peu près au même point. Mais moi, ce n'était pas le rire qui m'étouffait.

— Je ne peux pas. Adressez-vous à un autre.

Du coup, il enfourcha son cheval de grand chef et fit par deux fois au galop le tour de mes chariots disposés en cercle. Finalement, je renonçai à contenir ma rage plus longtemps, j'en étais incapable. Afin d'éviter l'éclat, je raccrochai, allumai une cigarette et me remis à l'article que j'étais en train de rédiger.

Le téléphone resonna.

— Vous m'avez raccroché au nez ?

— Il était préférable que vous n'entendiez pas ce que j'avais encore à vous dire, croyez-moi sur parole.

— Je vous attends à mon bureau, hurla-t-il. Immédiatement !

Il ne me restait plus qu'à mettre mon papier à moitié terminé en attente sur le terminal vidéo.

*
* *

Après m'être garé, je montai à la rédaction. Dobbins était en train de caviarder un texte et il me fit poireauter plusieurs minutes.

— Allez-vous, oui ou non, couvrir ce sujet ? me demanda-t-il quand il eut fini.

Je secouai la tête.

— J'ai du boulot jusqu'aux sourcils, sans compter la série à laquelle le colonel tient comme à la prunelle de ses yeux pour le supplément du dimanche, si vous vous rappelez. Pour faire votre petit truc, je serais obligé d'aller au chenil regarder les maîtres-chiens taper sur ce clebs avec un journal roulé. J'ai trop de travail pour gaspiller mon temps à ça.

Ce petit discours, je l'avais préparé en cours de route. Une argumentation raisonnée et objective n'ébranlerait probablement pas Dobbins mais il fallait quand même essayer.

Il repoussa son fauteuil et se leva.

— Vous allez faire ce papier, c'est un ordre. Mais vous vous estimez peut-être trop grand seigneur pour daigner écrire cet article ? Vous vous jugez peut-être supérieur à vos confrères ?

La dernière question avait été beuglée à la cantonade. Dans le silence soudain qui suivit, tous les yeux se tournèrent vers nous. J'avais encore en stock une réponse dans le mode tempéré. Je la sortis :

— J'ai des choses sérieuses en train et cette salle est pleine de gens qui seraient ravis de sauter sur le moindre prétexte pour sortir prendre un peu l'air.

— Vous couvrez ce sujet ou la rédaction de ce journal se passera désormais de vos services, brailla-t-il.

— Je ne le couvrirai pas, ripostai-je sur le même ton.

Il se dirigea vers le bureau vitré du rédacteur en

chef. J'allumai une cigarette et, une fesse juchée sur une table, contemplai le spectacle de Dobbins gesticulant frénétiquement en face du colonel. L'idée de perdre un bon reporter alors que le journal manquait déjà de personnel n'était pas faite pour sourire au rédacteur en chef mais il lui serait difficile de désavouer son chef de la rubrique locale après une altercation aussi publique.

Un adjoint de Dobbins, qui était par ailleurs un ami, se pencha vers moi :

— J'ai l'impression que c'est un coup qu'il a monté pour se débarrasser de toi.

— S'il insiste, ça lui coûtera cher. Le colonel n'aime pas qu'on lui force la main.

— Je ne dis pas le contraire, Bob, mais, apparemment, Dobbins tient par-dessus tout à te faire virer.

Je ne tardai pas à être appelé chez le grand patron. A sa grande fureur, le colonel pria Dobbins de sortir.

— Je suis bien embêté, dit-il simplement quand nous fûmes seuls.

— Je n'en doute pas.

— Je sais ce qu'il manigance mais je ne peux pas faire grand-chose. Si vous acceptez pour moi de couvrir ce sujet ridicule, je vous le revaudrai d'une manière ou d'une autre. Et, soit dit entre nous, je veillerai à ce que Dobbins regrette sa petite machination.

Venant de ce vieil homme trapu qui avait autant de souplesse qu'une baïonnette, c'était une attitude surprenante.

— Je vous ai vu flanquer à la porte des types qui avaient cinq enfants et pas un centime en banque. Pourquoi diable me tendez-vous la perche ?

L'expression plaquée sur son visage carré et boucané ne changea pas.

— Alors, vous couvrez le sujet ?

Je fis non de la tête.

— Je ne m'occupe pas des chiens incontinents, même si ce sont par ailleurs d'adorables petites bêtes. Ce n'est pas ma spécialité.

Les rides qui striaient le front du colonel se creusèrent un peu plus.

— Vous pourrez passer vendredi toucher votre dernier chèque. Débarrassez votre bureau aujourd'hui.

Nous restâmes un instant à nous dévisager.

— J'ai seulement besoin d'un carton et d'une demi-heure. Mais dites à ce connard qu'il a intérêt à ne pas s'approcher de moi.

J'avais été trop large en fixant ce délai : une demi-heure plus tard, j'étais dans un bistrot en tête à tête avec mon premier verre de la soirée.

2

J'en descendis deux à une vitesse record mais il n'y avait pas un chat à l'Ami Emile et la solitude ne met pas longtemps à vous peser quand on vient de perdre son job. Aussi, je repris la voiture et émigrai à la Taverne de Manuel. Là, je ne tardai pas à être entouré d'amis et de confrères. Tous en chœur, nous maudîmes les chefs de rubrique locale en général et Dobbins en particulier. A mesure que le temps passait, chacun se faisait un point d'honneur de confesser la haine qu'il vouait au métier journalistique.

— Maintenant, tu vas pouvoir gagner du fric pour changer, me lança un reporter, un certain Crawford, en s'égosillant pour dominer le vacarme. Tu as de la chance d'en être sorti.

Et comment que j'avais de la chance !

— Je voudrais bien que ce fumier me balance, m'avoua un autre. Je suis trop con pour laisser tomber.

Faites un peu de place, les gars, que je puisse danser de joie.

— Je n'ai jamais regretté mon choix un seul instant. (Ça, c'était un type qui faisait dans les relations publiques et le ton de sa voix était déchirant de sincérité.) J'ai un salaire correct, des heures régulières et on ne travaille pas les jours fériés.

Le super-pied ! Je ne pourrai jamais attendre le Thanksgiving !

Finalement, j'en eus plus que ma claque de leurs félicitations, surtout que je lisais dans les regards le soulagement qu'ils éprouvaient car c'était sur mon cou, pas sur le leur, que la hache était tombée. Il était grand temps de filer ailleurs, de trouver un autre endroit et d'autres gens qui ne m'expliqueraient pas de A à Z combien c'était chouette de ne plus avoir de boulot.

Je récupérai ma Chevrolet Nova de sept ans d'âge à l'autre bout du parking et traversai la ville avec autant de précaution qu'un vieillard grimpant un escalier. L'air frisquet dissipa les brumes de l'alcool qui me ouataient le cerveau. On aurait presque pu croire que je n'avais pas bu une goutte quand j'atteignis la destination que je m'étais fixée.

Il ne serait venu à personne l'idée d'appeler cet établissement un night-club, bien qu'il figurât sous cette dénomination dans les pages jaunes de l'annuaire, ni même de l'honorer du qualificatif de « bar ». C'était un boui-boui infâme, remarquablement bas de plafond, à croire que les dix étages de l'hôtel de troisième catégorie qui le surmontaient l'écrasaient totalement mais inexorablement. Trois des côtés de la salle étaient en sous-sol. Seule l'entrée était au niveau de la rue, et encore donnait-elle sur le parking situé derrière l'Hotel Liberty, un ignoble tas de briques.

La plupart des clients avaient le genre prolo. Certains s'étaient faits beaux, ils avaient mis leurs uniformes du dimanche, mais d'autres avaient gardé leurs salopettes crapoteuses. J'avais laissé mon veston et ma cravate dans la bagnole pour ne pas faire tache.

C'était la deuxième fois que j'allais au Valhalla. Tout un chacun a des amis auxquels on s'accroche sans raison apparente. Et cela faisait plus de douze ans qu'Edgar Foskey était mon pote. C'était à lui que je devais mon ticket d'entrée dans la profession. Quand je bossais au *Journal* d'Atlanta dans mes débuts, il m'avait enseigné les ficelles du métier. Par pure bonté d'âme, puisqu'il savait que la direction du canard me préparait pour que je prenne sa place.

Il m'avait appris des tas de choses, le vieux Foskey. Je n'avais jamais rencontré un reporter aussi à la coule que lui. Seulement, il buvait. Matin, midi et soir. Il buvait quand il était au *Journal* d'Atlanta, il buvait quand il était au *Telegraph* de Macon, il buvait quand il était au *Herald* à Albany, il buvait quand il était au *Post-Spotlight* à Brainbridge. Il avait finalement échoué dans un vague hebdo quelque part en Georgie du Sud et, à force de se piquer le nez, il s'était retrouvé sur le sable. Il n'y allait pas de main morte. Dans ce turbin, quand on n'a plus de copains prêts à vous donner une seconde chance, on n'a pas d'autre solution que de se poivrer.

Et il avait eu une idée de génie : il était devenu barman. Il réussissait l'exploit de rester au régime sec pendant de longues périodes tout en débitant des dizaines et des dizaines de litres de gnôle, peut-être parce que le simple fait d'être le dispensateur de bibine fortifiait sa volonté. Mais ça se terminait régulièrement par des cuites de trois semaines et il se faisait mettre à la porte. Seulement, il connaissait son affaire et, ce qui était encore plus important pour ses employeurs, il était honnête. Dans le genre de troquets où il officiait, ce n'était pas chose courante et il y avait toujours un tenancier qui acceptait de l'engager en prenant un risque calculé, certain qu'avec lui, quand il était à jeun, il ne perdrait pas cinquante ou cent dollars chaque soir.

Mais le vieux Foskey n'avait encore jamais exercé ses talents dans une boîte aussi débile que le Valhalla. Selon toute apparence, l'alcool finirait par lui faire également perdre sa profession de rechange.

Je m'installai au bar. Il m'aperçut et se hâta de venir vers moi. C'était un type maigre qui commençait à se voûter comme un vieillard bien qu'il n'eût pas plus de cinquante-deux ans. Ses cheveux gris le faisaient paraître encore plus âgé.

— Tu marches à quoi, ce soir ? me demanda-t-il. Bière ou bourbon ?

— Bourbon. Je me suis fait virer pas plus tard que tout à l'heure.

Du coup, il haussa les sourcils mais en barman bien stylé qu'il était, il commença par me servir mon bourbon à l'eau avant de s'enquérir des détails.

— Je ne connais pas de meilleure excuse pour se noircir, déclara-t-il enfin en posant le verre rempli du breuvage ambre foncé sur un napperon en papier. Se saouler la gueule et se faire sacquer, c'est mes deux spécialités. Ça m'est arrivé à plusieurs reprises et, une fois, même, simultanément. Voilà ce que c'est, ajouta-t-il en baissant la voix, que d'écluser en compagnie de son rédacteur en chef.

J'avalai une bonne lampée de sa mixture. C'était si fort que je ne pus réprimer un tressaillement. Je commençai à lui expliquer succinctement les circonstances de mon licenciement. Le reste de mon verre me parut loin d'être aussi costaud et tandis que Foskey me préparait le suivant, je me demandai combien j'en avais déjà descendu depuis le début de la soirée.

— Tu sais ce qui m'a le plus braqué ? fis-je en soignant mon élocution. C'est que ce con de chien n'est même pas de la région. Si ça avait été un cador bien de chez nous, je n'aurais pas pipé mot.

— Faut qu'il y ait une limite, quand même.

— C'est exactement mon avis.

J'allumai une cigarette. Brusquement, j'en avais marre de bavasser comme ça sur mon ex-boulot et sur la manière dont j'avais été viré. Derrière moi, le juke-box se tut, aussitôt relayé par la sono qui se mit à balancer un truc disco à tuberzingue. Dans un coin, il y avait une mini-estrade de trente centimètres de haut, pas plus. Une des hôtesses y monta et commença à se déhancher. Elle portait un corsage qui cachait seulement sa poitrine, une jupe fendue sur le côté et la quarantaine fatiguée. Elle attendit une quinzaine de secondes que le public soit branché et entreprit de s'effeuiller. L'opération ne dura que quelques minutes : quand elle s'arrêta, elle n'avait plus qu'une espèce de cordelette autour des reins. Personne ne se rua sur la scène. Maussade, elle se rhabilla et se remit à aller de table en table pour prendre les commandes.

Je me tournai vers Foskey. Il paraissait gêné.

— Je suis tombé drôlement bas, cette fois, hein ? (Comme je gardai le silence, il appuya sur la chanterelle.) Et la réalité est encore pire que l'apparence. Mon idée, c'est d'attendre encore deux payes et de me tirer. Je touche beaucoup plus que ce que j'avais demandé au départ.

Comme il avait l'air embarrassé, j'essayai de lui remonter le moral :

— Faut bien manger, hein ? Même quand on est un ancien journaliste.

— Parle pas de ça ! me coupa-t-il. Je ne veux surtout pas que ça se sache.

La violence du ton me surprit.

— Excuse-moi. Je ne savais pas que c'était comme ça.

— C'est toujours comme ça. Dans tous les troquets où j'ai travaillé, je n'ai jamais dit que je bossais comme journaliste avant. On n'aime pas avoir l'impression que le type qu'on a engagé est un voyeur. Mais, cette fois, c'est différent. Je pourrais avoir de sérieux ennuis si les gens connaissaient mes antécédents, ici. Ça fait maintenant des années que je n'ai pas manifesté un brin de curiosité. Tout ce que je veux savoir, c'est où sont les chiottes et combien je touche. Mais si jamais le bruit que je faisais autrefois dans le journalisme se répandait, il n'y aurait pas moyen de les convaincre que c'est la vérité.

— En ce qui me concerne, j'aurai désormais un bœuf sur la langue. N'empêche qu'à mon avis, tu devrais faire une croix sur tes futurs chèques de paye et te tirer vite fait. Mais ça, c'est ton affaire. Comme de remplir les verres. A propos, j'en prendrais encore bien un.

A eux deux, l'alcool et ma bévue involontaire se conjuguèrent pour éteindre en moi toute curiosité sur le comportement de Foskey. Je me jetai sur le verre qu'il m'apportait et sortis d'une main tâtonnante une cigarette du paquet. Avant que j'aie eue le temps de trouver mon briquet, une flamme me jaillit sous le nez.

Quand ma vision se fut réaccoutumée à la pénombre ambiante, mes yeux se fixèrent sur la femme qui s'était brusquement matérialisée sur le tabouret voisin de celui que j'occupais. D'abord, je ne vis qu'une jambe que révélait la fente de sa jupe. Une jambe comme ça, il y en avait largement pour deux bonnes femmes, et encore j'étais loin du compte. Et comme elle s'était manifestement juchée sur le tabouret sans être aidée, j'étais prêt à parier qu'elle en avait une autre exactement pareille. Ses seins que dissimulait un chemisier en synthétique étaient, dans leur catégorie, tout aussi impressionnants que ses jambes. Peut-être trop gros pour mon goût quand je suis à jeun car je les préfère alors dans le style effronté, mais ivre, je fais dans l'œcuménisme.

— Je ne vous en tiendrai pas rigueur, lui dis-je comme si elle avait pu lire dans mes pensées.

Elle se mit à rire.

— Je devrais être déçue ?

— Non, satisfaite. Je suis très ouvert d'esprit dans ce domaine.

— Suffisamment pour m'offrir un verre ? (Elle m'adressa un sourire timide.) Je dois pousser les clients à la consommation et le patron me reproche de mal me défendre. En réalité, ça ne me plaît pas. Il faut de l'agressivité pour être une bonne entraîneuse et, moi, c'est pas mon truc, même si ça me rapporte quelques dollars de plus. Un type qui se figure qu'il achète du sentiment en solde en même temps que la bouteille, ça ne vaut pas le coup.

Tout en jacassant, elle ne cessait d'agiter les mains, ce qui causait pas mal de perturbation dans l'entourage immédiat. Elle avait vingt ans, à peu près, des cheveux châtain clair et étant donné sa silhouette on devinait qu'elle menait une guerre acharnée contre les kilos superflus. Jusqu'à présent, elle était victorieuse.

— Oui, bien sûr que je vous offre un verre. (Je

tapai sur le comptoir du plat de ma main.) Barman, apportez à madame ce qu'elle désire.

— Une bouteille de champagne, dit-elle à Foskey.

Le sourire niais que j'arborais s'effaça instantanément.

— Holà ! Une minute, ma douce enfant. Vous avez un bateau à baptiser ou quoi ?

Foskey se pencha au-dessus du comptoir.

— Ces demoiselles ne consomment que du champagne. C'est le règlement. Interdit de boire autre chose.

Je me grattai le menton.

— Et elle coûte combien, la bouteille ?

— Quatorze dollars, me répondit-il avec un sourire.

Je me tournai vers la fille.

— Je crains que vous ne soyez condamnée à avoir soif, ce soir.

— Vous pourriez offrir à la dame un champagne cocktail, me suggéra alors Foskey. Si vous n'êtes pas très en fonds, c'est plus raisonnable. Vous vous en tirerez pour cinq tickets seulement.

— Bon. Un champagne-cocktail. Et re-bourbon pour moi.

Comme Foskey s'éloignait pour s'occuper de la commande, la fille posa la main sur mon bras.

— Vous n'êtes pas vraiment obligé, vous savez.

— C'est pas un truc à dire, ça. Pas étonnant que vous n'ayez pas la grande cote comme entraîneuse. Vous ne me donnez pas l'impression d'être à votre place, ici.

— On ne peut pas dire que vous vous fondiez dans le décor, vous non plus. J'ai besoin de gagner de l'argent. Et vous ? quelle est votre excuse ?

Je me grattai l'occiput pour essayer de mettre de l'ordre dans mes idées et nous éclatâmes de rire.

— Laissez-moi réfléchir une minute. Ah oui ! Je me suis fait flanquer à la porte aujourd'hui et j'ai estimé que c'était le moment ou jamais de prendre une bonne cuite.

Elle me tapa sur la cuisse.

— C'est une explication admissible. (Elle saisit le verre que Foskey venait de placer devant elle et le leva.) Buvons à la mort des sales boulots. Vous avez échappé au vôtre. (Elle se pencha sur moi et me chuchota à l'oreille :) Et peut-être que j'en ferai autant à mon tour avant longtemps.

— Alors, comme ça, vous touchez une commission sur chaque verre que je bois ?

— Exactement.

— Eh bien, avec le moral que j'ai ce soir, vous avez une chance de pouvoir prendre votre retraite dès demain. (J'avalai une gorgée de mauvais bourbon qui m'arracha une grimace.) Mais comment savez-vous où vous en êtes ? Il doit être facile de perdre le compte des consommations que vous faites boire aux clients dans une soirée.

— J'ai mes touilleurs.

— Vos quoi ?

Elle sortit d'une poche une poignée de fouets à champagne rouges et jaunes.

— Les jaunes vont avec mon verre à moi. Comme ce qu'on me sert est noyé d'eau, je touche plus que sur ce que vous buvez vous.

— Et si je commande une bouteille ?

— Je garde le bouchon. (Elle se rapprocha un peu de moi.) En fait, ici, la camelote est une telle bibine que ce n'est pas un bouchon mais une capsule en plastique.

Je repris une lampée de bourbon à la flotte.

— N'importe comment, vous n'auriez sans doute pas pu liquider une bouteille à vous toute seule.

Elle secoua la tête.

— Ce ne sont que des bouteilles de 50 centilitres. Une fois, j'en ai fait six dans ma soirée. Un métallo tenait absolument à me rincer. L'astuce consiste à faire en sorte que le client la boive presque entièrement à lui seul.

— 50 centilitres pour 14 dollars !

— Mais vous avez droit à la causette pour le même prix, ajouta-t-elle en souriant. Et vous pouvez vous faire toutes les idées que vous voulez, c'est tout ce que vous obtiendrez de moi : de la conversation, point à la ligne. C'était pour ça que mon métallo était furieux à la fin de la soirée. Il avait payé six bouteilles et il ne pouvait même pas me peloter ! (Elle jeta un coup d'œil à la ronde et reprit en baissant la voix :) Par contre, il y a des collègues qui sont d'accord pour se faire emballer après le travail.

Comme si elle n'avait attendu que ce signal, l'hôtesse — si c'est bien ainsi qu'on l'appelait — qui avait occupé la scène en dispensant ses grâces un peu plus tôt, passa devant nous avec un plateau chargé de verres vides.

— Ça va bientôt être à toi, cocotte, fit-elle d'une voix lasse.

— Il faut absolument que vous voyiez mon numéro, me dit ma voisine, à croire que nous étions dans le foyer du Palace Theater.

Elle se laissa glisser de son tabouret et se dirigea vers l'estrade, prenant juste le temps de s'incliner au passage pour mettre en marche un lecteur de cassettes branché sur la sono, ce qui suscita des sifflets et des « houa ! » dans la salle. Une musique disco éclata, et puis je n'entendis plus rien.

J'aimerais pouvoir dire là que ma nouvelle amie était un modèle de grâce, la réincarnation d'Isadora Duncan soi-même, mais la vérité me contraint de reconnaître qu'elle était quelque peu empotée sur scène. Il est fort possible qu'une personne ayant un centre de gravité si haut placé eût du mal à marcher droite, et je ne parle pas de danser ! Mais elle était pleine de bonne volonté et le public, moi y compris, se moquait éperdument de sa gaucherie. Son académie était si proche de la perfection qu'on regrettait que sa poitrine sur laquelle se polarisaient les regards vous empêchât quasiment d'apprécier le reste.

Quand elle n'eut plus rien d'autre que son minibikini, elle accomplit quelques tours de piste, ce qui fit délirer de joie les clients du bar qui avaient encore les yeux en face des trous.

Comme elle ne cessait de me regarder pour quêter mon approbation, j'applaudis comme un demeuré, obnubilé par ce regard fixe au point de commencer à m'interroger sur les perspectives d'avenir immédiat que je croyais y discerner. Je m'efforçai de chasser ce genre de spéculations de ma tête. Attention, mon petit père, la folie te guette !

— Alors qu'est-ce que vous en pensez ? furent ses premières paroles quand elle reprit sa place auprès de moi après avoir fait un tour dans la salle.

— Je me bornerai à vous répondre que vous avez montré un enthousiasme indiscutable.

Elle eut l'air tellement déconfit que je me rendis compte qu'elle attachait de l'importance à mon approbation et je rectifiai le tir :

— Vous avez été formidable. Je ne comprends pas

pourquoi vous ne vous produisez pas dans un cabaret qui ait davantage de tenue.

Du coup, elle retrouva son sourire.

— C'est mon premier engagement comme danseuse exotique. Je sais que ça ne va pas très loin mais j'ai besoin d'acquérir de l'expérience. Comment avez-vous trouvé ma musique de scène ?

Nous échangeâmes quelques propos sur les aspects techniques du métier. Elle m'apprit qu'elle s'appelait Connie Kulwicki bien que son nom de scène fût Sherry Lamb. Elle était originaire d'un bled perdu du Tennessee mais était venue il y avait près d'un an à Atlanta pour prendre un nouveau départ après la mort de ses parents. Elle avait commencé par faire du secrétariat mais, écœurée par la médiocrité des salaires et la lubricité de ses patrons successifs, elle avait cédé à son désir secret de devenir danseuse et s'était recyclée.

— Ce n'est pas très bien payé, ici, mais tout se passe de la main à la main et le percepteur n'y voit que du feu. Et pas moyen de se faire prendre. Le patron ne connaît même pas mon vrai nom. Je ne sais d'ailleurs pas pourquoi je vous raconte tout ça, sauf que je me sens seule et que la plupart des clients ne sont pas précisément mon type, si vous voyez ce que je veux dire.

— Bien sûr.

C'était la cinquième fois que j'ouvrais la bouche en l'espace d'une demi-heure. J'écoutai encore quelques minutes son bavardage non-stop avant de lui proposer de prendre un café ensemble quand elle aurait fini.

— J'aimerais bien, répondit-elle avec un sourire triste. Mais il vaut mieux pas.

Je masquai ma déception derrière un sourire.

— Eh bien, ce sera peut-être pour une autre fois.

Quand elle me quitta de nouveau pour faire le service dans la salle, Foskey, s'accoudant au comptoir, se pencha vers moi.

— Si je ne te connaissais pas, je dirais que tu es plus con que nature. Mais c'est une brave petite, cette gosse. Je serais content qu'elle laisse tomber son espèce de malfrat.

— Quel malfrat ?

Mais Foskey s'était déjà esbigné pour préparer les commandes que lui apportaient les hôtesses. Je ne le savais pas encore mais ma curiosité allait être satisfaite plus tôt que je ne le pensais.

3

Quand les lumières s'éteignirent, je sortis, bien forcé, avec le reste des joyeux drilles et allai m'asseoir dans la voiture, dans l'espoir que l'air nocturne m'éclaircirait les idées. Dans le parking, des moteurs rugissaient, des bagnoles s'arrachaient en projetant des gerbes de gravillons. Deux petits groupes de traînards demeuraient agglutinés autour des véhicules qui restaient. Les points rouges des cigarettes luisaient dans la nuit. Des bouteilles dissimulées dans des sacs en papier passaient de main en main. Un pauvre corniaud encore en plus piteux état que moi et que je ne voyais pas vomissait à grand bruit.

Connie émergea de la boîte au moment où je me préparais à mettre le contact. Elle était en tenue de ville avec un manteau qui lui arrivait aux genoux. Elle n'avait pas fait cinq pas qu'une silhouette se détacha du mur juste de l'autre côté de la porte. Le gars avait observé jusque-là une immobilité si totale que je ne l'avais pas remarqué. Il se précipita sur Connie et, l'empoignant par le bras, l'attira brutalement à lui. Elle essaya de se libérer mais il ne fit que la secouer en redoublant de violence. Si j'avais été à jeun, peut-être que je ne m'en serais pas mêlé mais quand j'ai bu, ma nature chevaleresque prend le pas sur mon bon sens.

Je descendis de la voiture et m'avançai. Le type me tournait le dos. Quelque chose me disait que j'avais intérêt à essayer de lui faire le coup du lapin sans attendre de me présenter dans les formes. Mais les gens qui, comme moi, ne se sont jamais châtaignés de leur vie observent bêtement les règles de la civilité puérile et honnête. C'est toujours une erreur.

— Eh toi ! criai-je au type. Tu vas me faire le plaisir de la lâcher, hein ?

Cette intervention me valut un bref coup d'œil suivi d'un avertissement :

— Tire-toi, mon pote, si tu tiens à ta santé. C'est une affaire entre madame et moi.

Il dominait mon mètre quatre-vingts de près de dix centimètres et devait frôler le quintal ; j'avais bonne mine avec mes quatre-vingt-cinq kilos. Mais toute tentation que j'aurais pu avoir de me défiler s'évanouit quand il gifla Connie et leva de nouveau le bras droit pour remettre ça.

Ce fut ma seconde erreur. Il se laissa faire avec jubilation et, lâchant Connie, m'expédia un terrifiant crochet du gauche. Je réussis à me détourner légèrement pour que son poing ne rencontre que mon crâne au-dessus de la tempe mais j'allai quand même au tapis. Il avait un méchant punch, il fallait le reconnaître. Et il faisait aussi autorité en matière de savate à en juger par les trois coups de pied de toute beauté qu'il me balança dans les côtes alors que j'étais à terre. Je roulai sur moi-même pour me mettre hors de sa portée et me relevai. Je venais grâce à lui d'apprendre la règle n° 1 de la bagarre de rues : il n'y a pas de règles.

Connie était immobile derrière lui. Comme pétrifiée. Ou elle était trop terrorisée pour prendre ses jambes à son cou, ou elle savait qu'il ne servirait à rien d'essayer. Le malabar avança vers moi dans l'attitude du boxeur sur le ring. Je le laissai approcher et avant qu'il ait eu le temps de frapper, je lui lançai dans les yeux la poignée de poussière que j'avais ramassée quand j'étais tombé et que je serrais dans mon poing. Il émit un son bizarre et porta les mains à son visage, découvrant son ventre mou où s'enfonça mon direct du gauche. Il baissa les bras aussitôt, juste à temps pour permettre à mon droit de s'écraser sur son œil gauche et il s'affaissa comme un ballon crevé.

— Il y a deux différences entre nous deux, salopard. Primo, je ne frappe pas une femme et, secundo, je ne flanque pas de coups de pied à un homme à terre. (Je pris le temps nécessaire pour lui envoyer de toutes mes forces mon pied juste au défaut de la cage thoracique.) Mais, pour une fois, je ferai une exception.

Sur ce, je fonçai sur Connie.

— Maintenant, filons en vitesse avant qu'il ne récupère et nous tombe dessus.

Une bonne demi-douzaine de bonshommes s'étaient rassemblés pour assister au combat. Ils faisaient écran entre nous et la Nova mais je pris Connie par le bras et essayai de l'entraîner quand même.

Elle résista.

— Prenons ma voiture, elle est là. On reviendra chercher la vôtre plus tard.

Je trouvai l'idée géniale. Nous nous engouffrâmes dans sa vieille Camaro qui démarra en trombe en faisant, elle aussi, gicler les gravillons. J'avais pris le volant. Je sortis d'une main tâtonnante une cigarette que Connie alluma avant que nous eussions prononcé un mot.

— Je suppose que c'était votre petit ami ? lui demandai-je.

— Je sors de temps à autre avec lui si c'est ce que vous entendez par là. Il s'appelle Ronald Salter.

— Il vous a déjà frappée avant ?

— Deux fois. Mais le plus effrayant, c'est qu'il me donnait l'impression qu'il se retenait pour ne pas cogner plus fort.

A présent, elle pleurait à chaudes larmes.

— Je devrais peut-être vous reconduire chez vous, lui proposai-je après une ou deux minutes de silence.

— Non ! (Elle posa la main sur mon bras et s'éclaircit la gorge.) Il va sûrement m'attendre. Je préférerais lui laisser le temps de se calmer. Déposez-moi plutôt à un motel, je n'ai pas envie d'aller dans un bistrot.

Je tournai et retournai cette suggestion dans mon cerveau embrumé par l'alcool.

— On va aller chez moi, je vous offrirai un café ou autre chose et on décidera de ce qu'on fera, lui dis-je, une fois parvenu au terme de mes réflexions. Il y a assez de place pour que vous passiez la nuit si vous voulez. (Je jetai un coup d'œil à ma montre et, voyant qu'elle indiquait 4 heures du matin, je rectifiai :) Enfin, ce qu'il en reste.

Mes côtes commençaient à me faire salement danser et une douleur sourde me lancinait le crâne. Je parvins à tenir en respect les démons coalisés de l'alcool et de la fatigue jusqu'à ce que nous arrivions à la maison. Le chat attendait patiemment devant la porte que son maître lui ouvre pour lui donner à manger avec dix heures de retard sur l'horaire. Je marchai sur quelque chose de mou. C'étaient les ultimes dépouilles d'une souris. Je fis *in petto* le serment de retirer la brique qui maintenait la porte du porche ouverte pour permettre au greffier de passer.

Une fois à l'intérieur, j'aidai Connie à ôter son manteau et passai dans la cuisine. Je commençai par ouvrir une boîte de pâtée surchoix pour le chat, puis me dirigeai vers la machine à faire le café.

— Ce serait plutôt à un scotch qu'iraient mes préférences, fit Connie qui m'avait suivi.

— C'est aussi mon avis.

Je sortis du placard la bouteille d'Evan Williams à mon usage et, pour elle, celle de Johnny Walker Etiquette Noire que je garde en réserve pour impressionner les amis et nous passâmes dans le séjour avec nos verres. Je mis le tourne-disque en marche. Bigre ! Voilà qui commençait à virer au rendez-vous galant ! A ceci près que mes côtes me rappelaient douloureusement qu'il y avait une légère différence entre le rêve et la réalité.

— Qu'est-ce que c'est comme musique ?

— Un blues, répondis-je en élevant le ton pour dominer l'harmonica. Je mettrai quelque chose de plus doux dans trois minutes mais il me fallait absolument une ambiance sonore qui colle avec ma situation de chômeur et c'était le blues qui s'imposait.

Je me laissai bercer quelques instants encore par les riffs de Sonny Boy Williamson. Puis, résistant victorieusement à la tentation de lui substituer un Roosevelt Sykes ou un Muddy Waters, je me rabattis sur un Dirk Hamilton et baissai le volume du son. Pour moi, entre le blues et le jazzy rock il n'y a qu'un pas mais, pour Connie, c'était probablement un abîme. Elle fit une sérieuse ponction à son scotch et se serra contre moi, geste qui apporta une réponse à une question qui me trottait dans la tête et accéléra les battements de mon cœur.

Quand nos verres furent vides, j'allai les remplir dans la cuisine. Je commençais à vaciller sur mes jambes mais cela eut pour seul résultat de faire plonger davantage le goulot de la bouteille. Je revins m'asseoir sur le divan. Cette fois, pas question de tenir le crachoir. Plus un seul mot cohérent n'était capable de sortir de mes lèvres, du coup, je les employai à un meilleur usage. Après un moment de cet exercice, Connie murmura qu'il était temps d'aller au lit.

Je la précédai dans la chambre, allumai une lampe, m'écroulai sur le vieil édredon, retirai mes chaussures et commençai à m'escrimer sur mes boutons de chemise. On aurait dit qu'ils étaient soudés. Finalement, je renonçai à cette délicate entreprise, une partie de mon cerveau me soufflant avec une mystérieuse logique qu'il valait mieux laisser à Connie le soin de s'occuper de choses aussi compliquées que de défaire des boutons de chemise.

Elle n'avait aucune difficulté avec les siens, de boutons. Sa jupe glissa à terre, sa combinaison suivit le même chemin et j'eus la vision fugitive d'une petite culotte avant que le chemisier libéré ne la dissimulât. Un à un, elle défit les boutons de la blouse tandis que je retenais mon souffle. Chose surprenante, elle avait un soutien-gorge mais je n'en éprouvai aucune déception : j'avais sous les yeux une des merveilles de l'ingénierie moderne à l'œuvre. Mais j'avais du mal à enregistrer l'opération dans tous ses détails. Ma vision était brouillée.

Je vis en louchant qu'elle se penchait légèrement en avant en plaçant ses mains derrière son dos pour dégrafer le soutien-gorge. Il s'envola et mes yeux s'ouvrirent tout grands pour la dernière fois. Bon Dieu de bon Dieu de bon Dieu...

Je fis de vaillants efforts pour rester éveillé tandis que les mains de Connie descendaient vers la petite culotte mais ils furent vains. Le black-out était total. Ma dernière pensée fut que le lendemain matin, au moins, serait inoubliable.

Je ne croyais pas si bien dire.

4

Ce fut sûrement la migraine qui me réveilla. Il fallait ça, rien d'autre ne serait parvenu à ce résultat. Ma cervelle était boursouflée et à vif, et une aspirine de la taille d'un ballon de foot n'aurait sans doute même pas atténué l'atroce douleur. Néanmoins, je réussis à m'extraire du lit. J'allais d'un pas mal assuré dans la salle de bains et bus un peu d'eau au robinet pour rafraîchir ma gorge desséchée avant d'avaler trois comprimés. Rien que leur goût me donna des haut-le-coeur et je restai une bonne minute cramponné à la cuvette des waters en attendant que les choses se tassent un peu.

Quand je revins dans la chambre, je remarquai, cette fois, que le lit était vide. Le simple fait que cette constatation me laissa indifférent permet de juger de l'atrocité de mes souffrances. Les agonisants ne se soucient pas des à-côtés de l'existence. J'essayai de me rendormir mais j'avais trop mal à la tête.

Je restai plusieurs minutes absolument immobile jusqu'à ce que les coups de marteau qui me broyaient le crâne se soient suffisamment amortis pour rendre possible une expédition en direction de la cuisine. Il ne me fallut pas plus de dix minutes pour placer dans la cafetière au prix d'un combat héroïque le filtre, l'eau et le café moulu. Je me réfugiai dans la salle d'eau à toutes fins utiles en attendant que ce soit prêt. De retour dans la cuisine, je remplis une tasse à café. En principe, ça aurait dû me faire du bien mais je ne notai aucune amélioration sensible de mon état. La question du suicide commençait à se poser sérieusement. Il y a des limites à la souffrance humaine.

Le café et l'aspirine s'ajoutant aux remugles, vestiges de mes libations de la nuit, soulevèrent des protestations violentes de la part de mon estomac et je retournai à l'armoire à pharmacie pour descendre le tiers d'un flacon de pepto-bismol. Au bout d'un petit moment, mon estomac en révolution se calma et je me versai une deuxième tasse de café que je sirotai tranquillement.

Peu à peu, mes facultés intellectuelles se remettaient à fonctionner et je fus capable de comprendre que Connie avait filé aux aurores. En fait, elle était probablement partie dès que j'avais perdu conscience. Je ne lui avais assurément pas donné beaucoup de raisons de rester.

Le café me laissait un goût amer dans la bouche et je me retins pour ne pas balancer la tasse à l'autre bout de la pièce. Cela n'aurait pas fait revenir Connie, n'aurait pas guéri ma migraine et ne m'aurait même pas réconcilié avec moi-même. De plus, il n'y avait personne en dehors de moi pour réparer les dégâts.

J'ouvris le réfrigérateur dans l'intention d'en sortir du lait afin de refroidir mon jus. Un petit aimant plastifié destiné à servir de support à d'éventuels messages, souvenir de mon ex-femme, était posé à l'intérieur à la hauteur des yeux. Mais il n'y avait pas de message — pas le moindre mot de Connie pour éclairer l'avenir d'un rayon d'espoir.

Je lançai si violemment l'aimant contre le mur que le chat fila comme une flèche se mettre en sécurité dans la salle à manger. Le mouvement réveilla la douleur dans ma cage thoracique meurtrie par les coups de pied donnés par Ronald Salter.

Bref, j'étais dans un état pitoyable.

On sonna. Je regardai ma montre. Il était neuf heures et demie. Je regagnai la chambre pour mettre un pantalon mais quand j'arrivai à la porte d'entrée, la sonnette avait retenti encore trois fois et des coups de poing ébranlaient le battant.

Trois hommes se tenaient sur le seuil. Un seul était en uniforme mais il sautait aux yeux que tous les trois étaient des flics.

— Etes-vous Robert Whitfield ? me demanda le plus âgé, la quarantaine passée, cheveux gris, brioche confortable.

Je confirmai d'un hochement de tête.

— Etiez-vous au Valhalla club cette nuit.

Nouveau hochement de tête.

— Avez-vous eu une altercation avec un dénommé Ronald Salter dans le parking de cet établissement ?

Comme ça, ce salopard avait jugé bon de porter plainte ?

— Il m'a attaqué. Je me suis défendu.

L'inspecteur soupira, se tourna vers son collègue, puis son regard se posa de nouveau sur moi.

— Il va falloir que vous nous suiviez au commissariat, monsieur Whitfield. Nous avons quelques questions à vous poser.

J'eus soudain l'impression d'un grand froid dans la poitrine.

— Laissez-moi le temps de mettre mes chaussures.

Je fis demi-tour. Le policier entra sur mes talons.

— Je suis obligé de vous accompagner, monsieur Whitfield.

— Est-ce que je suis en état d'arrestation ?

— Oui, si vous y tenez absolument, répondit-il avec affabilité. Personnellement, je préférerais laisser la décision à quelqu'un d'autre. Mais tout dépend de votre degré de coopération.

Je lui fis signe de me suivre et me dirigeai vers la chambre. Je partis à la pêche de chaussures abandonnées dans un coin, et enfilai une chemise. Quelques minutes plus tard, j'étais à l'arrière de la voiture de police qui roulait vers le centre.

— Ainsi, il a porté plainte ? demandai-je d'un ton détaché. De quoi m'accuse-t-il ? D'agression ?

Comme ma question demeura sans réponse, je gardai le silence jusqu'à ce que nous soyons arrivés au commissariat central de Decatur Street. Les deux inspecteurs qui m'encadraient me poussèrent dans l'ascenseur. Un officier de police portant les galons de commandant nous attendait dans le couloir quand les portes s'ouvrirent. C'était un Noir grand et mince, les tempes et la moustache semées de poils gris.

— Pourquoi cet homme n'a-t-il pas les menottes ? aboya-t-il.

— Nous ne lui avons pas encore notifié son arrestation, répondit le plus âgé des inspecteurs. Il nous a suivis de son plein gré.

— Vous lui avez donné lecture de ses droits constitutionnels ?

L'inspecteur fit signe que non, ce qui parut agacer prodigieusement le commandant.

— Eh bien, allez-y, mon vieux.

Pendant que l'autre marmonnait les formules

d'usage, j'essayais non sans mal de comprendre la situation.

— Ecoutez, dis-je au commandant, ce type m'a sauté dessus dans le parking. J'ai riposté. Si quelqu'un est en droit de porter plainte, c'est bien moi.

Il alluma une cigarette, ce qui me fit automatiquement en sortir une de mon paquet, et souffla lentement la fumée.

— Est-ce que vous voulez me faire croire que vous ne savez pas que Ronald Salter a été tué cette nuit ?

Je demeurai une seconde sans voix.

— Il est mort ?

— Eh oui.

— Eh bien, j'ai l'impression que je suis dans de beaux draps, non ?

Il opina du menton.

— C'est rien de le dire.

*
* *

Je refis je ne sais combien de fois le récit des événements de la nuit à des équipes de policiers qui se relayaient. Le commandant, lui — il s'appelait Louis Randall —, était là en permanence. Et il semblait s'intéresser tout particulièrement à l'épisode de mon retour avec Connie.

— Pourquoi ne l'avez-vous pas raccompagnée chez elle, Argonne Avenue ? C'était beaucoup plus près.

— Elle avait peur de son jules et elle voulait lui laisser le temps de se calmer. Il aurait très bien pu arriver le premier chez elle après nötre bagarre, quoi !

— Donc, vous l'avez tout naturellement ramenée chez vous.

Il y avait je ne sais quoi dans le ton de sa voix qui commençait à me taper sur les nerfs.

— Non, ma première idée avait été de prendre un café dans un bistrot, figurez-vous. Mais après avoir roulé un moment, nous avons décidé d'aller chez moi. Elle ne voulait pas d'un endroit public.

— Pourquoi ?

— Elle avait pleuré. Ce pugilat auquel elle avait assisté l'avait secouée. Une fois éliminés son appartement et tous les lieux publics, il ne restait plus grand choix. Et voilà pourquoi je l'ai ramenée à la maison.

— Vous êtes bien sûr de ne pas être d'abord passé par son appartement ? fit-il avec une fausse désinvolture.

— Absolument. Je ne savais même pas où elle habitait avant que vous ayez mentionné son adresse.

Il inséra une cigarette dans un de ces fume-cigarettes en plastique destinés à dégoûter les gens du tabac.

— Moi, il m'aurait paru normal d'essayer d'abord de la reconduire chez elle, ne serait-ce que parce que c'était à deux pas.

Cette fois, j'explosai :

— Pourquoi n'allez-vous pas lui demander pourquoi nous ne sommes pas passés chez elle ? Merde à la fin. Je parie qu'elle vous a filé entre les doigts sinon vous l'auriez déjà interrogée !

— Elle ne nous a pas filé entre les doigts.

Là, je nageais.

— Alors quoi ? Elle vous a donné une autre version de ce qui s'est passé ? C'est pour ça que vous tenez tellement à ce que je l'aie reconduite chez elle ?

Randall ne répondit pas tout de suite. Il resta un moment à me regarder comme s'il me jaugeait.

— Je reconnais que vous êtes très fort, laissa-t-il enfin tomber.

— Que voulez-vous dire ?

— Nous l'avons retrouvée morte dans son studio à côté de Salter.

— Bon Dieu !

Pour le moment, ce fut tout ce que je pus dire. J'étais incapable de trouver les mots qu'il aurait fallu. Connie était une brave fille, parfaitement inoffensive. Les clichés d'usage se bousculaient en rangs serrés dans mon esprit avec, en tête, l'inévitable : « Mais qui aurait pu vouloir la tuer ? ». Peut-être Salter dans une crise de jalousie. Seulement Salter étant mort, lui aussi, je ne voyais aucune explication.

— C'est peut-être un de ses anciens amoureux qui a fait le coup, quelqu'un qu'elle fréquentait avant Salter.

Même moi, cette hypothèse me paraissait boiteuse. Randall n'en tint pas compte.

— Je vais vous dire ce qui s'est passé. Vous avez fait un saut chez elle. Peut-être que Ronald Salter vous y attendait. Il aurait eu le temps d'arriver avant vous puisque, d'après ce que vous avez déclaré, vous avez roulé quelques minutes à la recherche d'un bistrot avant de changer d'idée.

— C'est vraiment ce que vous croyez ?

Il fit celui qui n'entendait pas.

— Vous avez donc raccompagné Connie et vous êtes resté chez elle. Salter a fait irruption dans l'appartement très tôt ce matin. Il y a eu une nouvelle bagarre mais, cette fois, elle a mal fini pour lui.

— C'est grotesque !

— Peut-être mais je vais quand même être obligé de vous inculper d'assassinat sur la personne de Ronald Salter et de vous mettre en état d'arrestation.

On vous a déjà donné communication de vos droits constitutionnels mais si vous avez besoin d'éclaircissements complémentaires, je me ferai un plaisir de vous les fournir. La loi vous autorise à vous faire assister par un avocat...

— Ouais et je crois que j'ai intérêt à en appeler un. Un type m'agresse dans un parking et je réussis à m'en sortir. Un peu plus tard, il s'en prend à son ex-petite amie et ça se termine par leur mort à tous les deux. Peut-être qu'il l'a tuée et qu'il s'est fait justice ensuite ou qu'elle l'a abattu avant de mourir à son tour. Je n'en sais rien. (L'émotion faisait trembler ma voix.) Je veux bien admettre que la question de mon innocence peut se poser mais je ne suis pas du genre à casser la gueule à des gens dans les bars, ce qui, en revanche n'était manifestement pas le cas de Salter. Que vous me croyiez ou pas, je jouis d'une excellente réputation et j'estime que, s'agissant d'un individu tel que ce Salter, j'ai droit au bénéfice du doute. Pourquoi n'enquêtez-vous pas sur lui, hein ? Ce ne sont pas les ennemis qui devaient manquer à un voyou de cette espèce.

Le commandant Randall me regarda fixement.

— Nous n'avons aucun besoin d'enquêter. Nous savons tout ce qu'il y a à savoir sur lui. Ce n'était pas un voyou.

— Qu'est-ce que c'était, alors ?

— Un flic.

5

Même les choses qui se présentent mal au départ peuvent toujours empirer. J'avais perdu mon job, j'avais été agressé dans un parking, je m'étais fait plaquer par une femme. Comme si ça ne suffisait pas, j'étais maintenant accusé d'avoir tué un flic et sa petite amie. La coupe débordait. C'était presque suffisant pour me faire oublier ma migraine.

— Je voudrais une tasse de café et une aspirine. Je rectifiai : Deux tasses et deux aspirines, si possible.

Le commandant adressa un signe de tête à un agent en tenue qui sortit et ne tarda pas à m'apporter le tout.

— Et dans quelles circonstances exactement aurais-je tué Salter ? demandai-je à Randall entre deux gorgées.

— Il a été assommé à mort au moyen d'une matraque administrative, ce qui élimine *ipso facto* le suicide.

— Si je suis bien votre raisonnement, il surgit dans le studio alors que je suis couché avec sa bonne amie. Je bondis hors du lit, je m'empare de sa matraque et je m'acharne sur lui jusqu'à ce que mort s'ensuive. C'est bien ça ?

Le commandant Randall eut un sourire pincé.

— J'aime votre façon d'exposer les faits. Vous savez manier les mots.

— Ouais. Seulement, je n'ai pas convaincu par de belles paroles Salter de me confier sa matraque. Et ce type était une brute. Vous ne pouvez pas réellement croire que j'ai été capable de le tuer dans les conditions que vous décrivez alors que tous les avantages étaient de son côté !

— Vous vous êtes assez bien défendu dans le parking. (Il pencha la tête en arrière et me toisa.) Et vous n'avez rien d'une mauviette.

— Dans le parking, j'ai eu de la chance. (Une pensée me vint brusquement à l'esprit.) Et Connie ? Comment est-elle morte ?

— Comme Salter. Rien de plus facile que de défoncer un crâne avec une matraque.

J'allumai une cigarette.

— Mais, bon Dieu, pourquoi est-ce que je lui aurais défoncé le crâne ? Tout a commencé au parking. Il la brutalisait, je suis venu à son aide. Pourquoi l'aurais-je assommée à mort quelques heures plus tard, hein ?

— Eh bien si vous voulez, je vais vous mettre les points sur les i. Salter fait irruption dans l'appartement en brandissant sa matraque. Vous la lui arrachez et vous le tuez au cours de la bataille qui s'ensuit. Et puis, réalisant que Connie est la seule personne capable de vous dénoncer comme le meurtrier, vous paniquez. Vous ne pouvez pas savoir que la bagarre à la sortie du Valhalla nous permettrait d'établir un lien entre vous et Salter. Vous tuez donc aussi la fille et vous vous éclipsez, convaincu d'avoir agi avec une astuce magistrale.

Le plus effrayant de ce conte à dormir debout était

le sérieux avec lequel Randall le débitait. Je crois qu'il pensait vraiment que c'était à peu près ainsi que les choses s'étaient déroulées.

— Selon vous, je tue le seul témoin qui aurait pu étayer la thèse de la légitime défense ? Dieu du ciel ! Je sais que je n'ai pas l'air particulièrement malin mais seul un idiot aurait agi de cette manière !

L'argument ne l'arrêta qu'un court instant. Roulant la tête de côté comme un vieux boxeur qui vient de morfler, il reprit :

— Essayons une autre hypothèse. Salter surgit donc et il y a confrontation. Il s'en prend d'abord à la fille. Elle meurt presque tout de suite. Sur ce, vous vous jetez sur lui, vous vous emparez de son arme et vous le tuez. (Il ménagea une pause pour tourner ce scénario dans sa tête. D'après son expression, il lui plaisait bien.) C'est une situation compréhensible, monsieur Whitfield. Quand vous vous rendez compte que cela vous vaudra probablement au moins une inculpation d'homicide avec circonstances atténuantes, vous vous affolez. La fille et Salter sont morts. Il ne vous reste plus qu'à effacer les empreintes que vous avez laissées dans l'appartement et à prendre la fuite. Si nous n'avions pas été informés de la première bagarre, ça aurait sans doute marché.

Cette version revue et corrigée m'inquiétait encore plus que la première. Elle était suffisamment logique pour entraîner l'adhésion d'un jury. Moi-même, j'y croyais presque.

— Il y a une chose que je ne comprends pas. Comment se fait-il que vous m'ayez identifié si vite ? Aucune des personnes qui ont assisté à la bagarre du parking n'a pu me reconnaître.

— La direction du club où Connie travaillait nous a prévenus. Nous allons sur place et qu'est-ce que nous découvrons ? Une seule voiture au milieu du parking. Comme nous savions que l'agresseur de Salter était parti au volant de celle de Connie, il n'était pas sorcier d'en déduire que cette auto abandonnée appartenait à l'homme que nous recherchions.

Dans cette histoire de voitures, il y avait quelque chose qui me faisait tiquer. Ensuqué comme j'étais, il me fallut un moment pour mettre le doigt dessus. Finalement, je découvris le point faible.

— Je laisse ma voiture là-bas, je prends celle de Connie et je la reconduis à son appartement où Salter s'amène. Je les tue tous les deux et je rentre chez moi. C'est comme ça que vous pensez que les choses se sont passées ?

— Pour l'essentiel, oui. Nous ajoutons tout le temps des détails nouveaux.

— Je vais vous en fournir un de plus. Expliquez-moi un peu comment après être sorti de l'appartement de Connie en pleine nuit, je suis rentré chez moi alors que ma voiture était restée devant le Valhalla. Et ne me dites pas que j'ai pris un taxi si vous ne me confrontez pas avec le chauffeur. Un chauffeur de taxi se souviendrait d'un client qu'il a chargé à quatre heures du matin.

Randall secoua la tête.

— Aucun taxi n'était nécessaire. Vous êtes rentré avec la voiture de la fille.

— Bizarre que je ne l'aie pas vue garée devant ma porte en sortant. Je me demande où j'ai bien pu la laisser. Je commence par oublier deux meurtres. Ensuite, j'oublie où j'ai laissé la bagnole avec laquelle je me suis enfui.

Randall parut éprouver un certain embarras.

— Vous avez rejoint le quartier où vous êtes

domicilié, laissé la voiture dans les environs et vous avez fait le reste du trajet à pied. Nous sommes en train de la chercher et nous la trouverons sous peu.

— Ça fait maintenant deux failles dans votre théorie : la voiture qui s'est volatilisée et la thèse selon laquelle j'aurais tué la fille — ma seule chance de pouvoir raisonnablement plaider la légitime défense !

— Comme je vous l'ai déjà dit, nous sommes disposés à envisager d'autres possibilités en ce qui concerne l'assassinat de la danseuse.

— Je vous remercie de ne pas me mettre aussi le meurtre de Connie sur les épaules. Nous voilà à mi-chemin de la vérité. Je n'ai tué ni l'un ni l'autre.

— Une chose, en tout cas, est certaine : quelqu'un les a tués. Je vois mal Salter l'abattre et se tuer ensuite lui-même à coups de matraque. (Il se pencha en avant.) Il faut regarder la réalité en face, Whitfield. Vous avez, certes, la langue bien pendue mais ça ne vous suffira pas pour vous en tirer. Nous allons vous inculper d'homicide. Prenez plutôt un bon avocat.

— D'accord, passez-moi un téléphone et j'en appelle un. Et ce ne sera pas un de vos traîne-lattes qui font la retape aux clients dans le hall d'entrée.

Un agent me conduisit à un poste téléphonique et me remit un annuaire. La logique aurait voulu que je m'adresse à un avocat d'assises célèbre mais je ne connaissais personnellement aucun des six ou sept ténors du barreau dont les noms me venaient à l'esprit et je décidai de choisir pour défenseur Benjamin Bloch qui n'était pas criminaliste mais que j'avais l'avantage de connaître. J'avais toute confiance en lui.

Je le connaissais en raison de son activité dans les

instances du gouvernement de l'Etat et du parti démocrate. Il distribuait les subsides avec assez de générosité pour se faire régulièrement désigner comme délégué aux conventions nationales et il avait été pendant deux ans président de la commission régionale des Transports, fonction civique bénévole mais riche en possibilités de piston. Cela faisait des années qu'il n'avait pas mis les pieds dans un prétoire mais il avait le bras long. Pour le moment, tout ce que je demandais, c'était que quelqu'un ayant un nom et de la notoriété vienne à mon secours et fasse des vagues. Or, Bloch était un personnage légendaire.

Je ne sais pas très bien pourquoi mais ça avait toujours bien collé entre nous, peut-être parce que j'appréciais son esprit caustique et son flegme. Nous nous étions rencontrés à l'occasion d'une convention et il était devenu pour moi une bonne source d'informations au Capitole.

Je l'eus en ligne après avoir forcé un triple barrage de secrétaires.

— Monsieur Bloch, ici Robert Whitfield, commençai-je. Je suis en prison, inculpé de meurtre, et j'aimerais que vous assuriez ma défense.

Il réagit comme si recevoir un coup de téléphone d'un assassin présumé était la chose la plus normale du monde.

— Ce qu'il vous faut, c'est un avocat d'assises, monsieur Whitfield. Je serais heureux de vous en conseiller un bon.

— Mais je vous connais, vous, monsieur Bloch. Vous êtes honnête et je sais que je peux avoir confiance en vous.

— Voudriez-vous ne pas quitter un instant ?

Je grommelai un assentiment et attendis nerveusement qu'il reprenne la ligne.

— Pourriez-vous répéter ce que vous venez de dire, Monsieur Whitfield ?

— J'aimerais que vous assuriez ma défense.

— Non, non, la dernière phrase.

— Je sais que vous êtes honnête et que je peux avoir confiance en vous ? C'est celle-là ?

— Exactement ! Vous avez entendu, Joe ? Maintenant, libérez la ligne et laissez-moi parler avec mon client.

— Qu'est-ce que ça signifie ? demandai-je tandis que me parvenait le déclic de la ligne qu'on coupait.

— Je tenais simplement à ce que cette déclaration soit faite à l'oreille d'un témoin. Votre ingénuité est touchante, monsieur Whitfield et votre foi en moi est quelque chose d'assez exceptionnel pour que je fasse un effort en votre faveur.

— Vous acceptez d'être mon défenseur ?

— Oui, soupira-t-il. Vous dites que vous êtes en prison ? Je suppose qu'il va falloir que je vous en fasse sortir.

— Oui, maître.

— Vous avez une adresse ?

— J'habite...

— Non. Je vous demande l'adresse de la prison.

Mon avocat surchoix ne savait pas où se trouvait la prison municipale ! Je lui en donnai les coordonnées, après quoi on me conduisit dans une cellule pour l'attendre.

6

Un peu moins d'une heure plus tard, on vint me chercher pour me conduire dans un local au rez-de-chaussée. Bloch était assis sur un banc de bois qui faisait toute la longueur du mur face à l'ascenseur. A ma vue, il se leva, adressa un signe de tête au barbeau installé à côté de lui et vint à ma rencontre. Il était tout petit mais n'avait pas les problèmes de poids qui sont le lot de tant de nabots lorsqu'ils atteignent un certain âge. Ses cheveux de neige étaient coiffés en arrière. Il s'arrêta devant moi, puis se dressa sur la pointe des pieds pour m'étudier de haut en bas en se balançant d'avant en arrière. Un garçon plus jeune avait décollé à son tour du banc et s'était immobilisé derrière lui.

— Vous paraissez être en assez bon état, dit finalement Bloch.

— Ils attendent que le prévenu ait vu son avocat avant de le tabasser, lui répondis-je. Quelles sont mes chances d'obtenir la liberté provisoire ?

— La caution a été fixée à 75 000 dollars.

— Voudriez-vous avoir l'obligeance de faire signe à ces messieurs de venir me chercher ? Je ne sortirai jamais d'ici.

Il pinça les lèvres.

— Un fidéicommis versera la somme moyennant 10 pour 100.

— C'est merveilleux. Il ne me reste plus qu'à trouver 7 500 dollars. Voyons... Je pourrais vendre ma maison. Mais le marché de l'immobilier étant ce qu'il est actuellement, je risque de purger l'intégralité de ma peine avant de trouver un acheteur.

— Ce serait ennuyeux car j'ai d'ores et déjà remis à l'intermédiaire un chèque couvrant la caution. Le jeune David Smith ici présent m'a d'ailleurs dit que j'étais fou. (Il s'interrompit pour me présenter le jeune David Smith, une espèce de grand échalas qui travaillait pour le cabinet juridique dont Bloch était administrateur.) Il nous sera très utile. Avant de mettre ses talents au service de notre firme, il a exercé les fonctions de procureur. C'est vous dire qu'il connaît le terrain.

— Je vous rembourserai et, pour ce qui est de vos honoraires, votre chiffre sera le mien, vous le savez.

— Bien sûr, je le sais. Je crois qu'il faut vous adresser à ce guichet pour récupérer vos affaires. Dépêchez-vous et allons-nous-en. Je pense qu'il sera plus agréable de discuter de votre affaire dans un autre cadre.

Le préposé me tendit un sac en plastique contenant mes objets personnels et je lui signai la décharge. Mais quand nous poussâmes les portes vitrées donnant sur l'extérieur, nous nous trouvâmes devant un véritable mur de journalistes et de reporters de la télévision. Ce fut un moment éprouvant. J'aurais de beaucoup préféré me contenter de les saluer poliment d'un coup de menton et m'esquiver sans dire un mot, ce qui était d'ailleurs le conseil que le jeune avocat me soufflait d'une voix enrouée à l'oreille, mais ce n'était pas possible. Si un de ces garçons ou une de ces filles avait été jeté en prison, accusé de meurtre, j'aurais fort bien pu être moi aussi sur ces marches à le ou la bombarder de questions. La moindre des choses était de faire une déclaration.

— Tout ce que je peux dire pour le moment...

— Attendez un instant ! Ça tourne, Horace ? O.K., on est prêts, excusez-moi.

— Tout ce que je peux dire pour le moment, c'est que je suis innocent de toutes les charges qui pèsent sur moi. Je n'ai jamais mis les pieds dans l'appartement de cette femme. Je suis convaincu que...

— Est-il exact que vous aviez attaqué un peu plus tôt dans la soirée l'officier de police Salter ?

La question avait été posée par un reporter de la télévision que je n'avais jamais pu voir en peinture. Il se faisait un point d'honneur de se montrer systématiquement agressif et il fanfaronnait à outrance. Il se moquait éperdument des faits, tout ce qui l'intéressait, c'était de prendre des attitudes devant la caméra en posant des questions coup-de-poing. Me faire asticoter par ce gus, c'était plus que ma gueule de bois pouvait supporter.

— Non, bougre d'imbécile, c'est lui qui m'a attaqué, lui criai-je de toute la force de mes poumons. Tâchez de vous enfoncer ça dans le cloaque qui vous sert de cervelle. (Et je me frayai un chemin à coup d'épaules au milieu des caméras.) Laissez-moi passer, je vous prie. J'ai eu mon compte pour ce matin.

Le cloaqueux nous suivit comme notre ombre jusqu'à la voiture et j'eus besoin de toute ma puissance de volonté pour ne pas lui arracher son micro et le flanquer dans la première corbeille à papier venue.

Nous nous engouffrâmes dans la Mercedes de

Bloch. Elle démarra en vomissant un nuage de gaz d'échappement sur les cameramen qui gueulaient comme des putois.

— Eh bien, soupira Bloch, vous avez l'art et la manière de dialoguer avec la presse !

— Je suis désolé. J'ai perdu mon sang-froid.

— Nous avons un client accusé d'avoir tué un homme et une femme à coups de matraque. Je pensais que nous avions au moins un premier avantage, à savoir l'estime de ses concitoyens. Qui pourrait le croire capable d'avoir commis un acte pareil ? (Il soupira encore et agita la main.) Et que fait-il ? Il se met en fureur quand un reporter l'interroge. Tous ceux qui ont été témoins de cette scène, y compris l'écrasante majorité de vos futurs jurés si jamais la justice doit se saisir de cette affaire, vous croiront sans aucune difficulté capable de fracasser le crâne de quelqu'un.

— Vous avez raison. J'ai été stupide. J'aurais dû garder mon calme et laisser cet abruti me retourner sur le gril jusqu'à plus soif.

— Que vous conserviez ou non l'apparence du calme, je m'en moque. Essayez seulement de ne pas vous comporter comme un mauvais coucheur qui prend la mouche pour un oui ou pour un non.

— Je ferai de mon mieux pour n'exercer de violences ni contre les femmes, ni contre les enfants, ni contre les reporters jusqu'à ce que cette histoire soit réglée.

— Vous avez peut-être envie de manger quelque chose ? A moins qu'ils ne vous aient nourri quand vous étiez sous les verrous ?

— Non, mon petit déjeuner est passé à l'as. Je crois qu'il y a une crêperie en bas de Piedmont Avenue.

Nous nous y rendîmes. Une serveuse somnambulique nous désigna une table dans un coin et nous y rejoignit avec un pot de café.

— Pourrais-je avoir une tasse de thé ? (Elle décocha à Bloch un regard lourd d'incompréhension et il précisa :) De l'eau chaude dans une tasse avec une infusette.

Elle hocha lentement la tête.

— Ah oui... un de ces machins-là, fit-elle en s'éloignant d'un pas traînant.

Une bonne tasse de café brûlant aida mes cellules grises à se décoincer et je relatai aux deux avocats les événements de la veille en commençant par mon sacquage du journal. La serveuse nous apporta les crêpes et je terminai le récit de la soirée la bouche pleine.

— D'après ce que j'ai compris de l'interrogatoire auquel m'a soumis Randall, la police croit que Salter nous a surpris, Connie et moi, chez elle. Au cours de l'explication, il aurait tué la fille mais j'aurais réussi à m'emparer de sa matraque et je lui aurais tapé dessus jusqu'à ce que mort s'ensuive.

Smith m'interrompit :

— Vous êtes accusé d'être l'auteur des deux meurtres.

— Parce que les flics veulent se garder une marge de manœuvre, avoir une monnaie d'échange pour faire du marchandage avec mes défenseurs. Que j'aie tué la seule personne qui aurait pu m'aider à soutenir la thèse de la légitime défense, ça n'a pas de sens. Même pour eux, ça ne tient pas.

— Vous savez, plaider la légitime défense serait la meilleure solution pour vous. Même sans le témoignage de la fille, et pour cause, nous pourrions faire une forte impression sur un jury.

Je secouai la tête.

— Je vous ai fait le compte-rendu complet et détaillé de ma soirée. Rappelez-vous que je n'ai à aucun moment mis le pied chez cette fille.

Smith se tourna vers Bloch :

— Le risque est un verdict d'assassinat avec circonstances atténuantes ou de coups et blessures portés dans l'intention de donner la mort. Mais, pour le moment, ce système de défense paraît être le plus avantageux si la police ne produit pas un témoin ou une preuve démontrant qu'il y avait quelqu'un d'autre dans l'appartement.

— M. Smith n'écoute pas ce que je dis, monsieur Bloch.

Bloch poussa un soupir.

— C'est vrai, David. Notre tâche ne se borne pas à laver M. Whitfield des accusations d'homicide qui pèsent sur lui. Encore devons-nous le faire en respectant la vérité. N'est-ce pas une analyse correcte de la situation, mon cher ? (J'acquiesçai.) Acceptons-la comme un défi intellectuel, poursuivit Bloch à l'adresse du jeune avocat. M. Whitfield affirme, et je le crois, qu'il n'a tué personne à coups de matraque. Même si nous pouvions démontrer qu'il était en état de légitime défense, ce ne serait pas conforme à la vérité. La question de savoir qui a massacré les deux victimes ne serait pas résolue pour autant. (Il repoussa son assiette et croisa les bras sur la table.) Tout bien réfléchi, il me semble que la thèse de la police est fragile. Nous pouvons tenir pour acquis qu'elle n'apportera pas la preuve que vous étiez effectivement dans l'appartement. C'est là une faille d'importance. La seule chose qu'elle a à se mettre sous la dent est cette malheureuse rixe dans le parking. Auriez-vous un moyen de prouver que vous avez passé la nuit à votre domicile, monsieur Whitfield ? Peut-être un voisin vous a-t-il vu rentrer avec cette jeune personne ou l'a-t-il vue repartir ?

— C'est possible, sans doute, mais peu plausible. Mes seuls voisins sont des retraités et de jeunes ménages avec des enfants. En général, ni les uns ni les autres ne sont réveillés à une heure pareille.

— Néanmoins, il se peut qu'une maman ait été debout parce que son bébé pleurait ou qu'un vieux monsieur souffrait d'insomnie. Il se peut que quelqu'un ait vu quelque chose qui résoudrait définitivement le problème.

— Je me renseignerai. D'un autre côté, il n'est pas exclu que quelqu'un ait vu Connie rentrer chez elle ce matin très tôt. Ça règlerait la question aussi bien que si l'on avait vu le véritable assassin s'introduire chez elle.

— La police procédera à ces vérifications, dit David Smith. Nous ne pouvons pas, nous, interroger tout le monde. S'il y a quelque chose à découvrir sur les lieux, les enquêteurs le découvriront. Cependant, ce serait une bonne idée de vous informer auprès de vos voisins. Vous les connaissez et vous pourriez recueillir des éléments que la police n'obtiendrait pas.

Bloch leva lentement la main et Smith se tut.

— Il n'est peut-être pas nécessaire que M. Whitfield se contente d'interroger ses seuls voisins et je ne vois pas pourquoi nous hésiterions à marcher sur les brisées de la police. N'oublions pas que l'une des personnes que notre client est accusé d'avoir tuée était un policier. A partir de ce moment, les règles du jeu cessent d'être valables. Pouvons-nous faire crédit à la police pour mener une enquête objective dans ces circonstances ?

C'était une sacrément bonne question.

— Pour moi, si l'alternative est, au bout du compte, d'admettre que Salter était une brebis galeuse ou de me faire moisir quelques années en prison, il y aura pas mal de flics pour préférer la seconde solution. Ils détestent avoir à reconnaître que les leurs ne sont pas forcément des parangons de vertu. Et je peux vous dire que Salter n'en était fichtre pas un.

— Si l'on réfléchit bien, fit Bloch, il n'y a pas beaucoup d'espoir de vous laver de tous soupçons sans faire de ce Salter au minimum une brute et une tête chaude, et peut-être même un assassin.

J'intervins :

— Laisser la police entièrement maîtresse de l'enquête présente un inconvénient supplémentaire. Si je n'ai pas tué Salter, alors qui l'a tué ? Même s'il a massacré la fille, il faut bien que quelqu'un lui ait rendu la pareille. Et les poulets, je les connais. Une fois qu'ils ont un suspect vraisemblable, ils s'accrochent bec et ongles à leur théorie. L'enquête n'est plus qu'une bataille pour le capturer. Si tel ou tel indice ne colle pas, il y a de fortes chances pour qu'ils n'en tiennent aucun compte.

— En ce qui vous concerne, ils ont un mobile et le mobile est la potion magique de la tribu policière. Puisque vous n'avez pas tué Salter et la fille, quelqu'un d'autre devait obligatoirement avoir un motif pour les exécuter. Cette Connie avait-elle un autre petit ami ? Nous allons devoir creuser un peu pour trouver d'autres mobiles et d'autres suspects.

Le vieil avocat était visiblement aux anges. Voilà qui le changeait de la routine monotone du droit commercial. Merde ! Moi aussi, ça m'aurait excité si je n'avais pas été le premier intéressé !

— Je crois que je vais fureter un peu. Maintenant que j'ai été vidé du journal, j'ai des loisirs.

7

Les deux avocats manquèrent de tourner de l'œil quand je leur demandai de me déposer au Valhalla.

— J'ai laissé ma voiture devant, leur expliquai-je. Si la police ne l'a pas déjà mise à la fourrière, il faut que j'aille la chercher là où elle est.

— Dans ce cas, évidemment..., soupira Bloch. D'ailleurs, ça pourra peut-être m'être utile de voir à quoi ce club ressemble. Mais il ne faudra pas nous attarder.

Je leur assurai que la boîte serait fermée à cette heure-là, et elle l'était. Coup de chance, la Nova était exactement là où je l'avais laissée quand j'avais entrepris ma mission de sauvetage.

Bloch considéra en écarquillant les yeux la façade lépreuse du Valhalla. On aurait dit Dante contemplant un cercle de l'Enfer particulièrement sordide. La masse sinistre de l'Hôtel Liberty empêchait le soleil matinal de baigner de son éclat le parking où les détritus se baladaient en liberté.

— La nuit, l'atmosphère est encore plus calamiteuse, vous savez.

— Je l'imagine sans peine, répondit Bloch. Nous attendrons que votre voiture démarre.

— Elle démarrera.

— A condition qu'on n'ait pas volé la batterie, m'avertit Bloch sur un ton sec.

Je descendis de sa Mercedes et montai dans la Nova qui démarra au quart de tour. J'adressai un signe de la main aux deux hommes et chacun partit de son côté, eux en direction du centre, moi en direction de chez moi.

*
* *

Le chat m'attendait sur le seuil. Ça faisait la seconde fois que je lui faisais passer son repas à l'as mais il n'avait pas l'air particulièrement famélique. Je le suivis dans la cuisine où je versai deux poignées de croquettes dans son plat. J'avais encore le cœur au bord des lèvres après les événements de la nuit et ouvrir une boîte de pâtée malodorante était au-dessus de mes forces.

Après avoir pris une douche chaude et m'être changé, je retrouvai presque mon état normal. Maintenant, au travail. Connie Kulwicki figurait à l'annuaire. Je fis sortir le chat, regrimpai dans la Nova et en route direction Ponce de Leon Avenue.

Bien que l'immeuble eût pour adresse Argonne Avenue, il donnait sur Ponce de Leon et par beau temps, Connie aurait pu aller au Valhalla à pied — je ne pensais d'ailleurs pas que cela lui était jamais arrivé : quand on quitte son travail à 4 heures du matin... Il affectait la forme d'un rectangle dont un côté s'ouvrait sur la rue. Une allée couverte conduisait à une cour intérieure ornée d'arbustes et de massifs de fleurs amoureusement soignés. Il ne s'écoula pas cinq secondes avant que j'entende un bruit de pas dans mon dos.

— Est-ce que je peux vous être utile ?

La dame qui m'avait ainsi interpellé, les yeux dissimulés derrière des lunettes de soleil, était coiffée d'un large chapeau de paille avachi et portait une robe imprimée qui, quelques milliers de passages en machine plus tôt, avait dû être de couleur vive. Si elle n'avait pas dépassé les soixante-dix ans, elle en était trop près pour le démentir de manière convaincante. Plantée derrière moi, un sarcloir à la main, elle était prête à me faire déguerpir si je me révélais être un représentant ou à appeler au secours si je lui donnais l'impression d'appartenir à une espèce encore plus redoutable.

— Peut-être. Je suis journaliste. (J'avalai péniblement ma salive en me rendant compte que, maintenant, c'était un mensonge.) Et j'aimerais parler avec quelqu'un du voisinage du double assassinat de cette nuit. Connaissiez-vous Miss Kulwicki ?

Elle fit passer son outil de sa main droite à sa main gauche et remit en place ses lunettes noires qui avaient glissé sur son nez.

— Oui, je la connaissais. Mais pas très bien, naturellement, se hâta-t-elle d'ajouter comme si, par inadvertance, elle en avait trop dit. J'ignorais comment... de quelle façon elle gagnait sa vie. Elle avait l'air d'une gentille fille et elle était bien élevée. Nous échangions parfois quelques mots le matin lorsque je travaillais dans la cour et qu'elle me croisait. L'idée ne m'est jamais venue de me demander pourquoi elle passait la moitié de ses journées à la maison.

— Il n'y avait pas eu de problèmes jusque-là ? Du bruit ou des disputes dans son appartement ?

— Oh non, bonté divine ! C'est la première fois qu'une chose pareille se produit. Penser que ce journaliste a massacré ces deux malheureux à quelques mètres seulement de ma chambre ! (Elle se tut un instant, visiblement gênée.) J'oubliais que vous êtes journaliste, vous aussi. Vous connaissez probablement l'auteur du crime.

Je m'éclaircis la gorge.

— Non, de vue seulement. Il m'a toujours fait l'effet d'un garçon raisonnable.

— Ce sont les gens raisonnables dont il faut se méfier. (Ses lunettes avaient encore glissé et elle les remonta.) Ils se contrôlent et font tous les efforts possibles pour donner l'impression d'être sensé et un beau jour, crac ! Ils se laissent aller et à partir de ce moment, plus personne n'est en sécurité. Ils se jettent sur la première victime qu'ils ont à portée de la main. Je parie que le policier a entendu quelque chose, qu'il a essayé de défendre cette pauvre Miss Kulwicki et qu'il s'est fait tuer en la protégeant.

Je toussotai de nouveau et tentai de dire quelque chose pour la brancher sur un autre sujet mais comme elle était lancée, elle me coupa la parole :

— Croyez-moi, si l'Etat mettait la chaise électrique en service, il ne se passerait pas de telles abominations dans ce quartier tranquille. C'est la première fois depuis trente ans qu'on voit une chose pareille ici. Ecrivez ça dans votre journal. Qu'on fasse seulement marcher la chaise électrique et vous verrez que les meurtres diminueront. Ils y réfléchiront à deux fois avant de tuer une femme.

— Comptez sur moi, madame, ça sera dans mon papier. Mais si j'ai bien compris, vous n'avez rien remarqué d'anormal avant l'arrivée de la police ?

— Absolument rien et aucune des dames avec qui j'ai parlé ce matin n'a fait allusion au drame. Bien sûr, la police interroge tout le monde. Et la télévision est venue. Tenez, ce monsieur charmant qui annonce les nouvelles du week-end a causé juste là, à l'entrée de la cour.

— A quelle heure cela a-t-il commencé ?

Elle réfléchit quelques instants.

— Il était six heures et demie, dans ces eaux-là, quand j'ai commencé à entendre des allées et venues précipitées. C'est que j'habite à deux portes de l'appartement de Miss Kulwicki, vous comprenez, et on est obligé de passer devant chez moi pour aller chez elle. J'ai le sommeil très léger et il suffit que quelqu'un marche sous ma fenêtre pour que ça me réveille. Avec tous ces cambriolages, comment voulez-vous qu'il en soit autrement ?

— Evidemment.

— Alors, quand j'ai entendu ce remue-ménage, j'ai ouvert ma porte et j'ai fait une peur bleue à ce pauvre homme qui était là. Il attendait des renforts, à ce qu'il m'a dit.

Ce détail piqua ma curiosité :

— Il était en uniforme ?

— Non, mais je lui ai demandé de me montrer son insigne. Je suis méfiante et je ne fais pas confiance au premier venu par les temps qui courent. Mieux vaut être trop prudent qu'agir à la légère. Bref, quelques minutes plus tard toute la résidence a été réveillée par les policiers, les journalistes et l'ambulance.

Comment la police avait-elle découvert les deux meurtres ? Peu de temps après qu'ils eurent été commis, c'était sûr. Si la vieille dame n'avait pas été réveillée par le bruit, c'était que l'assassin avait opéré dans le plus grand silence. Sinon, mon informatrice aurait été alertée.

— Miss Kulwicki avait-elle beaucoup d'amis hommes ?

— Oh non ! Pas plus que n'importe quelle autre

jeune femme moderne. (Elle repoussa le bord gondolé de son chapeau de paille.) S'il s'était passé des choses, vous pouvez être sûr que je me serais plainte au gérant.

— Je ne voulais pas dire que Miss Kulwicki vivait forcément de ses charmes. Il n'est pas inhabituel pour une jeune femme de fréquenter deux, voire trois garçons ou plus en même temps.

— Oui, je comprends. Pour répondre à votre question, il n'y avait que ce monsieur qui lui rendait visite.

— Un homme grand et athlétique aux cheveux bruns ?

— Oui, ce portrait semble correspondre à l'homme que j'ai vu. Est-ce lui dont on a retrouvé le corps à côté du sien ?

— Je crois. C'était un ancien amoureux et ce signalement cadre avec le sien. Pourriez-vous me donner votre nom ?

— Flora Blackwood et j'habite ici depuis quinze ans... depuis la mort de mon mari. J'ai toujours vécu à Atlanta et ça fait cinq ans que j'ai pris ma retraite. J'ai travaillé pendant trente ans aux magasins Sears Roebuck, rayon équipements pour la cuisine. N'oubliez pas de mettre ça dans votre article, s'il vous plaît.

— Vous avez ma parole. Mais on ne sait jamais si le chef de rubrique ne fera pas sauter un papier ou ne le coupera pas. Si vous ne voyez rien demain dans le journal, je vous conseille de téléphoner au chef des informations locales pour protester. Vous m'avez bien dit le rayon équipements de cuisine, n'est-ce pas ?

— Exactement. Et pendant trente ans. Si l'article

ne passe pas, cela serait-il utile que mes amis téléphonent aussi ?

— En tout cas, ça ne pourra pas faire de mal. Mais exigez de parler au chef de la rubrique locale. C'est lui qui décide en dernier ressort.

— J'en parlerai à mes amis, ici et à la paroisse. Et si nous ne voyons par cet article demain, nous téléphonerons au journal jusqu'à avoir satisfaction.

— Voilà l'esprit qu'il faut avoir ! Je vous remercie de votre aide.

J'abandonnai mon interlocutrice à ses travaux horticoles après lui avoir demandé de me désigner de loin l'appartement de Connie. En fait, il n'y avait rien à voir de l'extérieur et je n'avais aucune intention d'aller frapper à la porte. Avec ma veine habituelle, je laisserais quelque part une empreinte dont on s'empressera de dire qu'elle datait de la nuit d'avant.

Comme je battais en retraite vers ma voiture, j'entendis soudain le bruit caractéristique d'une radio émettrice-réceptrice. C'était celle d'un reporter, ou celle d'un flic — et je ne sais pas laquelle de ces deux possibilités j'appréhendais le plus.

— Pas si vite, Whitfield !

Bon. C'était un flic. Je me retournai et j'eus immédiatement confirmation de mon hypothèse. Ils étaient deux. Celui qui m'avait parlé était un petit maigre en civil, un inspecteur que j'avais remarqué pendant mon interrogatoire. L'autre était un sergent en tenue. Le talkie-walkie pendant à sa ceinture.

— Qu'est-ce que vous faites ici ?

J'attendis que l'inspecteur m'eût rejoint.

— Qui êtes-vous ?

— Lieutenant Gene Roxon, aboya-t-il.

Il était emmanché d'un long cou et sa pomme d'Adam tressauta à deux reprises.

— Puis-je voir vos papiers, s'il vous plaît ?

Il me les tendit et, en faisant tout mon cinéma, je les examinai avec une attention minutieuse.

— Si vous vouliez bien me répéter votre question, maintenant ?

Il était à deux doigts d'exploser.

— Qu'est-ce que vous fabriquez dans cette résidence ?

— Je retourne sur les lieux du crime. C'est plus fort que moi, c'est une impulsion qui m'a pris ce matin quand je suis sorti de ma cellule.

L'inspecteur adressa un signe au sergent qui avança à grands pas, me poussa contre la voiture la plus proche et s'arrangea pour me flanquer un bleu à la cheville quand il voulut m'obliger, d'un coup de pied, à écarter les jambes.

— Tu les écartes, tes guibolles ?

La fouille fut une pénible épreuve et j'eus du mal à me contenir quand le flic me fit faire brutalement volte-face. Il n'était pas grand, et l'envie me démangeait de lui écraser le nez avec mon avant-bras. Mais si j'avais eu le malheur de passer à l'acte, l'inspecteur aurait allégrement sorti son revolver pour régler l'affaire Whitfield une fois pour toutes et sans appel.

— Maintenant, je repose ma question, fit Roxon. Qu'est-ce que vous foutez dans le secteur ?

— Que vous me croyiez ou pas, c'est la première fois que je mets les pieds ici, lui répondis-je calmement. Avec toutes les questions dont on me bombarde, je me suis dit qu'il serait bon que j'aie au moins une idée des lieux. Ça pourra peut-être m'aider à préparer ma défense.

— Est-ce qu'il a approché de l'appartement ? demanda Roxon à l'agent.

Celui-ci secoua la tête.

— Il a juste traversé la cour et discuté le coup avec une locataire. Il ne s'est pas approché de moins de six mètres de la porte de l'appartement. Je l'en aurais empêché, inspecteur.

— Vous êtes en liberté sous caution, Whitfield, reprit Roxon. Mais que je ne vous surprenne pas à gêner notre enquête ou à truquer des preuves matérielles.

— Je ne suis pas complètement idiot. Vous rêvez tous de me mettre ce genre d'accusation sur le dos, en plus des autres fabriquées de toutes pièces.

— Maintenant, tire-toi, crevure. Salter était un ami et je ferai tout ce qui sera en mon pouvoir pour que tu payes son meurtre. Si j'ai un conseil à te donner, c'est de profiter de la liberté pendant que tu peux encore le faire.

Je montai dans ma voiture et rejoignis Ponce de Leon Avenue. Roxon était certainement la courtoisie même comparé à certains de ses collègues. A leurs yeux, j'étais un tueur de flics — et qui avait l'audace de se promener dans les rues alors que leur copain n'était même pas encore enterré.

8

Ne sachant où aller ensuite, je roulai quelques minutes au petit bonheur. C'est comme ça que je m'aperçus que j'étais filé. Quand on suit un itinéraire donné, même si c'est un raccourci aux replis tortueux, on peut admettre que le conducteur qui négocie les mêmes virages derrière vous est, lui aussi, un as du volant. Mais lorsqu'on s'engage dans des petites rues rien que pour sortir un moment du flot de la circulation et qu'on retrouve le même type dans le rétroviseur après avoir décrit un cercle complet, il n'y a pas trente-six explications possibles.

Il me fallut un quart d'heure d'efforts assidus pour le semer mais j'y parvins finalement avec le concours d'un feu rouge, d'un sens interdit et d'un bus Marta.

Quand le flic en tenue m'avait vu traîner mes bottes dans la résidence, il avait averti ses supérieurs par radio. On ne m'avait pas simplement dépêché Roxon pour me harceler un peu mais aussi le zèbre motorisé avec mission de me suivre. Ce que la police espérait apprendre ainsi, je n'en sais rien. Mais ayant besoin d'étayer leur hypothèse qui branlait un peu dans le manche, les flics estimaient sans doute que se tenir au courant de mes faits et gestes valait la peine qu'on me colle quelqu'un aux fesses.

Il y avait entre Connie et Salter un dénominateur commun : Foskey. Il travaillait avec elle et semblait bien la connaître. En plus, il en connaissait assez long sur Salter pour m'avoir mis en garde contre lui. Peut-être qu'il aurait sa petite idée sur ceux qui avaient eu de bonnes raisons pour les tuer tous les deux.

La dernière fois que je lui avais rendu visite, il habitait dans un meublé dans Juniper Street. Comme je ne me souvenais pas de l'adresse exacte, je remontai la rue en roulant au pas jusqu'à ce que je reconnaisse la façade du vénérable immeuble. Je me rangeai un peu plus loin et revins sur mes pas. Une grosse femme, assise dans un fauteuil à bascule sur la véranda, en train d'éplucher des haricots verts, me suivit des yeux tandis que je montais les marches.

— M. Foskey est-il chez lui ?

— Il n'a plus un sou, dit-elle en simulant un intérêt soutenu pour le haricot qu'elle s'affairait à étêter. Il m'a donné hier tout ce qui lui restait pour régler son loyer. Il faudra attendre qu'il touche sa prochaine paye pour penser à vous.

— Je ne suis pas un encaisseur, protestai-je, mais un vieil ami. Je suis un ami de douze ans et plus.

— Hmm hmm, marmonna-t-elle sur un ton ouvertement sceptique. Vous le trouverez en haut, au 7. A moins qu'il vous ait vu monter et qu'il ait filé par-derrière pendant que nous échangions ces propos badins sur la véranda.

Je souris, la remerciai poliment d'un plongeon du menton et me dirigeai lentement vers l'entrée. Lentement pour qu'elle ne croie pas dur comme fer que j'étais un garçon de recettes la prochaine fois que je passerai voir Foskey.

Arrivé au premier, je frappai à la porte du 7. J'attendis un bon moment avant de réitérer. Enfin, elle s'ouvrit sur un Foskey aux yeux bouffis et englués de sommeil. Il ne me reconnut qu'après avoir cligné les paupières à plusieurs reprises. Alors, il s'effaça.

— Entre, Bob.

— Je te sors du lit ?

— Oui, répondit-il en refermant. Compte tenu de l'heure où je me couche, c'est à peine l'aurore pour moi.

La chambre était spacieuse. Il y avait suffisamment de place pour une armoire avec une glace en pied, un fauteuil confortablement rembourré, un secrétaire copie d'ancien complété par une chaise à dossier droit et un lit pour deux personnes.

— Pose-toi quelque part.

J'attirai la chaise tandis que, passant la main dans ses cheveux gris qui se déplumaient, Foskey s'approchait de la commode sur laquelle trônait une cafetière électrique.

— Attends que je mette ce truc en marche. Je ne suis pas bon à grand-chose avant ma première tasse de café.

Il versa quelques cuillerées de moulu dans les entrailles de la bête et, après avoir branché l'appareil, s'essuya les mains sur sa chemise. S'apercevant qu'il était dépoitraillé, il s'escrima sur les boutons.

— Ça fait une éternité que tu n'étais pas venu me voir à domicile.

— Es-tu au courant pour Connie et Salter ?

— Mon Dieu ! Est-ce qu'il l'a amochée ? Je l'avais bien prévenue de se tenir à l'écart de cet enfoiré. C'est un dingue.

Je secouai la tête.

— Quelqu'un les as tués tous les deux. On les a retrouvés ce matin dans le studio de Connie. Matraqués à mort.

Je lui racontai brièvement toute l'histoire en commençant par l'altercation que j'avais eue avec Salter quand je sortais de la boîte et en finissant par ma mise en liberté sous caution.

— A cause de cette bagarre et parce que j'avais amené sa petite amie chez moi, les flics voient en moi un assassin tout à fait présentable, conclus-je. D'après leur théorie, j'ai reconduit Connie à son appartement après un flirt poussé chez moi et nous nous sommes trouvés face à face avec Salter. Elle et lui ont trouvé la mort au cours de la confrontation qui en est résulté, j'ai effacé les empreintes que j'avais pu laisser et j'ai déguerpi en espérant que personne ne pourrait établir le moindre rapport entre moi et les victimes.

— On dirait que tu es dans un foutu merdier, commenta Foskey en passant la main sur son menton râpeux. Je ne doute pas un seul instant que tu dises la vérité, comprends-moi bien, mais je te vois mal barré le jour où tu passeras devant un jury. Tu avais un mobile et avec un district attorney qui connaît son métier, l'affaire est dans le sac si tu n'as pas un alibi en béton prouvant que tu étais dans un autre comté à l'heure où ces événements étaient censés se produire.

— J'étais ivre mort, soupirai-je. Je ne peux pas apporter la moindre preuve. Personne n'était là pour confirmer que j'étais dans mon lit et il n'y a apparemment pas eu de témoins chez Connie. En tout cas, la police garde le silence là-dessus. Je vais faire le tour de mes voisins mais je n'ai guère d'espoir qu'il y ait eu quelqu'un debout à une heure aussi tardive.

Je m'interrompis pour allumer une cigarette.

Foskey farfouilla dans sa poche de chemise et en sortit une Pall Mall en accordéon. Je lui tendis mon briquet et il se pencha sur la flamme.

— J'ai besoin que tu me dises tout ce que tu sais sur Connie et Salter.

La première bouffée qu'il tira déclencha une quinte de toux graillonneuse. Le percolateur avait cessé de gargouiller. Laissant Foskey tousser à s'en écorcher le gosier, ahaner, crachoter et se moucher, je me mis à la recherche de deux tasses et les remplis. Ses borborygmes commençaient à se calmer quand je lui apportai la sienne.

— Je devrais renoncer à ces saloperies de clopes qui vous foutent le cancer, avant qu'il soit trop tard. (Il sirota bruyamment son jus, porta sa Pall Mall flasque à ses lèvres et aspira une deuxième bouffée.) Mais la première du matin avec le café a un goût sublime.

— Que sais-tu sur Connie ?

— Une quantité surprenante de choses compte tenu de la situation.

— Que veux-tu dire ?

— En général, on n'apprend rien sur les filles qui turbinent dans les bastringues comme le Valhalla en dehors des prix auxquels elles vendent leurs charmes après les heures de travail. Dans l'écrasante majorité des cas, elles ne donnent pas leur vrai nom — pas pour des raisons de modestie, mais pour couper aux impôts. Les boîtes les paient de la main à la main et ne les déclarent pas au fisc. Pour les patrons de clubs, ce n'est que de la barbaque qu'ils mettent à l'étalage pour attirer les consommateurs et les faire boire. Certains, même, maquereautent les filles. Mais pas au Valhalla. Ça a beau être de beaux pourris, ils ne sont jamais allés jusque-là. (Il but une gorgée de café.) Connie était la plus jeune et elle était un peu naïve sur les bords. Elle était née dans un petit bled du Tennessee où il y a une base aérienne. Son père était aviateur. C'était là qu'il avait connu sa mère. Il l'avait épousée et il emmenait sa petite famille d'un bout du pays à l'autre chaque fois qu'il était affecté ailleurs. Il a été tué au Vietnam dans les années 60 et la mère de Connie est morte d'un cancer juste avant qu'elle vienne à Atlanta, il y a environ un an de ça.

— C'est ce qu'elle m'a plus ou moins dit. Elle a essayé de faire secrétaire, je crois ?

Foskey acquiesça.

— Sa mère était repartie au Tennessee pour mourir au milieu des siens. Connie n'avait aucune envie de rester là-bas et Atlanta lui paraissait être l'endroit rêvé pour commencer une vie nouvelle. Pendant un bout de temps, elle a travaillé tantôt comme comptable, tantôt comme dactylo, tantôt comme réceptionniste. Mais ce ne sont pas des boulots où on gagne gros et avec les jolies filles, ce n'est pas le seul hic. Pas mal de patrons se figurent qu'une nana avec le châssis qu'elle avait ne se présente pas vraiment pour taper à la machine ou tenir des livres de caisse. S'ils l'engagent, c'est parce qu'ils ont une autre idée derrière la tête. Et si la môme refuse, elle se retrouve sur le pavé sans même un certificat de travail.

« Au bout du compte, Connie s'est retrouvée au pied du mur. Il lui fallait de l'argent pour payer son loyer, sans quoi on lui sortait ses meubles sur le trottoir. N'ayant pas de parents vers qui se tourner ni d'amis ici, elle a fait ce qu'elle devait inévitablement faire. Son corps était son seul atout ; alors, elle s'est adressée à l'ancien cinéma de Ponce de Leon Avenue où on présentait sur scène des tableaux vivants entre des films porno hard. Elle a été embauchée aussi sec. Voilà comment elle est entrée dans le circuit de la fesse. Quand le cinéma où elle bossait a supprimé les tableaux vivants, elle a cherché d'autres engagements et c'est comme ça qu'elle a échoué au Valhalla.

— Pour qu'elle t'ait raconté sa vie avec autant de détails, tu devais être très intime avec elle.

Il haussa les épaules.

— C'était pas une mauvaise fille, absolument pas, et à qui d'autre aurais-tu voulu que je parle dans cette boîte ? Le Valhalla, ça ne vole pas haut, même pour moi, mais je pouvais lui donner un petit coup de main, l'empêcher de faire quelques grosses bêtises. Je l'ai protégée de tout... sauf de Salter.

— Parle-moi de lui.

Il écrasa son mégot dans le cendrier.

— Pour ça, il faut d'abord que je t'explique mieux ce qu'est le Valhalla. Parce que c'est beaucoup plus qu'un banal rade de bas étage. Il sert de lieu de rendez-vous à des tas de personnages douteux qui sont aussi bien du bon que du mauvais côté de la loi. Beaucoup d'accords entre les uns et les autres ont été conclus.

— Comment es-tu parvenu à cette conclusion derrière ton comptoir ? Sur quel genre de preuves t'appuies-tu ?

— Qui a parlé de preuves ? (Il sortit une nouvelle cigarette que je lui allumai.) J'ai des yeux pour voir et un flair qui ne me trompe pas pour ces choses-là. Les gens que j'ai vus ensemble n'étaient pas là pour échanger leurs impressions sur les finales des championnats de base-ball. N'oublie pas que j'ai quitté le journalisme, Bob. Je n'ai plus besoin d'asseoir mes présomptions sur des preuves, seulement de disposer d'assez d'informations pour me faire une idée et ce n'est pas ça qui manque, loin de là.

— Que vient faire Salter là-dedans ?

— Il était tout le temps fourré au Valhalla, copain-copain avec tout le monde. Personnellement, je suis convaincu qu'il servait d'intermédiaire à certains de nos concitoyens trop haut placés et trop puissants pour venir eux-mêmes traîner leurs bottes au Valhalla, encore qu'il me soit arrivé de voir parfois y rappliquer un directeur adjoint de la police municipale. Si tu avais vu alors Salter s'étaler et se répandre en courbettes !

— Qui était ce directeur adjoint ?

Il réfléchit un moment et, pour gagner du temps, remplit nos tasses vides.

— Qui penses-tu que ça pouvait être ? fit-il enfin en me fourrant la mienne, brûlante, dans la main. Qui est depuis douze ans derrière toutes les magouilles de cette ville ?

Il ne pouvait pas y avoir d'erreur sur la personne.

— Melvin Escoe ?

Foskey acquiesça d'un signe de tête.

Escoe était le genre de type qui rentre par la fenêtre avant même qu'on ait eu le temps de refermer la porte après l'avoir flanqué dehors. Il avait été rétrogradé une demi-douzaine de fois au cours de sa carrière mais il avait toujours réussi à reprendre discrètement ses fonctions antérieures. Bien qu'il eût été surpris la main dans le sac à différentes reprises dans des situations compromettantes, il n'avait encore jamais été poursuivi en justice et, dans toutes les branches de l'administration, les politiciens étaient apparemment disposés à pardonner et oublier ses petites entourloupettes. Un individu qui affirmait agir en son nom avait même été inculpé de tentative de corruption. Mais s'il était prouvé et archi-prouvé qu'il avait bien réclamé des pots-de-vin, il n'existait pas la moindre preuve qu'Escoe eût trempé dans l'histoire et il n'avait pas été inquiété. Après tout, peut-on empêcher un tiers de se servir à votre insu de votre nom ?

— Qu'est-ce qu'Escoe a à voir avec Salter ?

— Il lui arrive de venir faire un tour au Valhalla de temps en temps, c'est tout. Cela dit, je doute que les directeurs adjoints de la police aient l'habitude de vérifier personnellement comment fonctionnent tous les rades de ce genre. Note bien qu'il ne se montre pas au su et au vu de tout le monde. Non, il s'enferme dans les bureaux avec les tauliers. Peut-être que c'est seulement pour leur expliquer les finesses de la législation sur les débits de boissons mais j'ai beau faire, je n'arrive pas à le croire.

— Mais que diable se passe-t-il au Valhalla ?

— Qu'est-ce que je peux en savoir ? Moi, je suis le barman, c'est tout.

— Je veux bien admettre que tu ne t'es pas donné la peine de mener une enquête approfondie pour obtenir des preuves concrètes mais je suis prêt à parier que tu as satisfait ta curiosité. (Je m'interrompis le temps d'allumer une autre cigarette.) Je te connais trop bien pour penser un seul instant que tu l'as totalement perdue.

— Tu devrais être capable de piger la coupure, quand même ! Ce bastringue est, entre autres choses, un centre de paiement.

— On y paie quoi ?

— Dieu seul sait ce qu'on y vend et ce qu'on y achète. En tout cas, il y a une chose dont je suis sûr : il s'agit notamment de trafic de licences pour la vente d'alcool. Cela fait trop longtemps que je navigue d'un troquet à l'autre pour ne pas reconnaître certains visages.

— Quel rôle Escoe joue-t-il dans cette histoire ? Si je ne m'abuse, c'est le conseil municipal qui accorde les autorisations en matière de licences, pas la police.

— Tu n'as jamais été accrédité à l'hôtel de ville, hein ?

— Non. Je reconnais que sur ce plan j'ai eu de la veine.

— Avant toute chose, il y a un rapport de police accompagné d'un avis favorable ou défavorable. S'il est défavorable, le postulant peut se brosser. Il est rare que le conseil ne suive pas les recommandations du rapport ?

— Mais, dans ce cas, la police ne doit-elle pas expliquer la raison pour laquelle son rapport est négatif ? Elle ne peut pas agir de manière trop arbitraire.

— Cause toujours ! D'ailleurs, beaucoup des types qui essaient d'ouvrir des clubs, des bistrots ou des bars ont un casier judiciaire. Suffisamment, tout au moins, pour qu'on puisse s'en mettre plein les poches en appuyant les demandes émanant d'une petite frange d'individus plus ou moins louches, à la limite de la légalité. En fait, je suis convaincu que ça se passe comme ça, ne serait-ce que pour éviter le risque que les postulants refusent de passer à la caisse.

— Tu as l'air bien sûr de toi.

Il me regarda fixement par-dessus le bord de sa tasse.

— Je sais de quoi je parle. J'ai toujours entendu causer sous le manteau de pots-de-vin à verser partout où j'ai travaillé. C'est comme ça dans beaucoup de villes, peut-être dans toutes. Et j'en ai suffisamment vu au Valhalla pour être certain que ce n'est pas une simple boîte comme une autre.

— Tu te bases sur des foules de choses — des bruits qui courent, des apparences, des intuitions — mais pas sur des preuves qui seraient nécessaires à un tribunal ou même à un journal.

Il me lança un regard écœuré.

— Je ne suis ni district attorney ni reporter. Alors, pourquoi aurais-je besoin de prouver quoi que ce soit ? Il me suffit de regarder et d'écouter pour savoir.

— Je comprends, ce n'était pas une critique. Simplement, il est important de s'assurer de la véracité des renseignements que tu possèdes.

Il empoigna mon bras.

— Je n'en possède strictement aucun ! Mettons les choses au clair tout de suite. Je te parle en tant qu'ami mais c'est tout. Si tu as dans l'idée de répéter ce que je t'ai dit à la police, n'y pense plus. J'aurais oublié cette conversation, tu peux être tranquille. Je veux bien t'aider mais je n'ai pas le goût du suicide.

— Tout ce que je te demande, c'est que tu m'indiques la bonne direction. Personne ne saura que nous avons eu cet entretien. Il faut absolument que je découvre quelque chose si je ne veux pas me retrouver en prison vite fait bien fait. Tout ce que j'ai comme point de départ, c'est le passé des deux victimes et le fait qu'elles étaient l'une et l'autre liées au Valhalla. A qui m'adresser pour avoir des tuyaux sûrs en ce qui concerne ce cabaret sinon à toi, mon vieux ? Tu n'as rien à craindre. Tu m'affranchis et c'est moi qui prendrai les risques. Au point où j'en suis, je n'ai plus grand-chose à perdre.

— Bon, ça va, ça va ! Pas la peine de monter sur tes grands chevaux ! Je suis prêt à t'aider dans toute la mesure de mes moyens. Je voulais simplement te préciser les limites du concours que je suis disposé à t'apporter. Je te dirai tout ce que je sais, si tu as des questions à me poser, j'y répondrai et j'irai même jusqu'à fureter un peu — juste un peu. Mais ne t'avise pas de citer mon nom dans un papier ou de me faire convoquer comme témoin parce que je nierai tout en bloc et je disparaîtrai dans la nature toutes affaires cessantes.

— A supposer que j'écrive un article, je voudrais bien savoir qui le publierait. N'oublie pas que j'ai été foutu à la porte du canard. Et j'ai besoin d'autre chose que de on-dit pour me laver des accusations qui pèsent sur moi. Tout ce que j'espère, c'est que ce que tu me diras me permettra de savoir où et comment je pourrai obtenir le genre de preuve qui m'est indispensable.

Foskey abaissa son regard sur la tasse de café, maintenant refroidi, qu'il avait posée par terre à côté de son fauteuil.

— Le Valhalla est un repaire de truands. C'est là que se réunissent toutes les crapules que tu peux avoir envie de rencontrer. Ils constituent les habitués de la maison. Nous avons aussi pas mal d'ouvriers du bâtiment qui ne sont pas d'ici. Ils construisent les nouveaux hôtels et les nouveaux immeubles de bureaux du centre. Mais ce n'est qu'une clientèle de passage. Ils disparaissent le jour de la paye et on ne les revoit plus pendant une semaine ou deux. Les habitués sont un petit groupe de voyous, de durs, appelle-les comme tu voudras. Dieu sait comment ils font pour gagner leur vie mais pas besoin d'être médium pour deviner que ce n'est pas en vendant des cornets de frites au coin des rues. J'en arrive à Salter. Il était en relations amicales avec beaucoup trop de types de cet acabit. Quand il n'était pas seul dans son coin à regarder Connie, il était installé à une table avec eux. Ce n'est pas le comportement qu'on attend d'un flic honnête. Le seul contact qu'un flic honnête aurait dû avoir avec des malfrats de cette espèce, ça aurait été de les embarquer. Du fait même que sa julie travaillait là, il aurait dû être encore plus chatouilleux sur leur présence. Au lieu de ça, ils étaient comme cul et chemise et j'ai eu l'impression qu'il en connaissait quelques-uns depuis un bon bout de temps.

— Et Connie ? Elle ne m'a pas fait l'effet d'être du genre à frayer avec des truands.

— Tu as raison mais c'est compter sans Salter. Comme beaucoup de types qui sortent avec des effeuilleuses ou des serveuses de bars aux seins nus, il pouvait être très... possessif avec elle. Qu'un homme accepte que sa souris parade en se tortillant à poil sur une scène et qu'il soit en même temps prêt à sauter à la gorge d'un client qui lui fait des avances, c'est une chose que je n'ai jamais réussi à comprendre.

— Il a dû y avoir pas mal de bagarres !

— C'est bien pour ça que j'estime qu'il existait des liens étroits entre lui et la direction de la boîte. Un autre que lui qui aurait fait deux fois moins de chambard se serait fait frotter les oreilles et aurait été interdit de séjour au Valhalla.

— Qui lui aurait frotté les oreilles ?

Foskey sourit pour la première fois depuis mon arrivée.

— Pas moi, évidemment. Nous avons un videur mais je doute que même lui aurait eu le dessus. Rog est assez balaise pour intimider les types qui ont un coup dans le nez mais il est trop vieux et pas assez rapide pour faire le poids en face de Salter. Comment as-tu réussi à l'expédier au tapis ?

— Je veux bien être pendu si je le sais, encore qu'une poignée de poussière lancée dans les yeux de l'adversaire, ça aide, faut bien le dire. Ecoute-moi, Foskey. J'aimerais que tu me rendes le service d'observer de plus près ce qui se trafique au Valhalla. Je ne te demande surtout pas de prendre le moindre risque sérieux, m'empressai-je d'ajouter. Mais il est capital que je sache qui avait un motif pour tuer Salter et Connie.

Foskey hocha la tête.

— Je vais fouiner un peu, Bob. Je te dois au moins ça. Mais ne compte pas sur moi pour jouer les reporters. C'est trop dangereux.

— Je comprends.

Il me dit qu'il devait commencer à se préparer pour aller prendre son travail : le club ne tarderait pas à ouvrir. Aussi, je le laissai et redescendis. Beaucoup dépendrait de ce qu'il parviendrait à découvrir. Pourvu seulement que cette nouvelle responsabilité que je lui faisais assumer ne le poussât pas à se remettre à boire, me disais-je en regagnant la voiture.

Il était tard bien qu'il fît encore jour mais mon manque à gagner de sommeil et les séquelles de ma gueule de bois se faisaient sentir. Je n'avais qu'une idée : rentrer me coucher.

Deux minutes après m'être mis au lit, je dormais comme un bienheureux.

9

Il faisait nuit noire. Je scrutais l'obscurité par-delà les barbelés délimitant notre secteur pour tenter de repérer la flamme qui sortait de la gueule de l'AK-47 chaque fois qu'elle crépitait. Ces foutues fusées éclairantes qu'on balançait à tout va étaient incapables de détecter les poseurs de mines. Joe ne quittait pas des yeux ses jumelles à vision nocturne. C'était sur lui que je misais. Nous savions que des commandos s'étaient infiltrés dans notre secteur. La sonorité d'une AK, on ne peut pas s'y tromper.

— Ça y est ! Je les ai dans mon collimateur !

— Où ça ?

— A cent mètres devant... juste de l'autre côté de la route.

J'effleurai du bout des doigts le sélecteur de mon M-16, histoire de m'assurer qu'il était bien sur automatique. J'avais presque vidé mon chargeur en tirant par courtes rafales quand tout s'embrasa devant moi.

— Merde ! s'exclama Joe. Tu as touché sa musette d'explosifs. En plein dedans ! Ça aurait fait une sacrée brèche dans notre rideau de barbelés.

A droite, au-delà du périmètre dont nous assurions

la défense, d'autres AK se mirent à aboyer. Une vraie meute. Je glissai une cigarette entre mes lèvres mais sans l'allumer.

— Occupe-toi de tes jumelles, tu veux?

Bang-dring-bang-dring-braoum-ratabang-dring-braoum.

Je me retournai dans mon lit en m'efforçant de faire la sourde oreille mais le vacarme ne cessa pas pour autant. Finalement réveillé, j'émergeai de mon rêve et me dirigeai d'un pas mal assuré vers la porte. Il était près de six heures. J'avais dormi un peu plus d'une heure.

Je m'immobilisai net : quelque chose dans la rue avait attiré mon attention. Je m'approchai de la fenêtre et glissai un œil entre les rideaux. Une camionnette technique de télévision était arrêtée devant la maison. Elle portait l'emblème de la station à laquelle appartenait le reporter avec qui j'avais eu des mots le matin même. Les coups de poing et les coups de sonnette se turent, et le personnage en question surgit sur la véranda.

— Je vais essayer la porte de derrière au cas où il dormirait, cria-t-il à son équipe. S'il n'est pas là, il n'est pas là, et il faudra se faire une raison. On ouvrira sur un extrait de la bande de ce matin et on finira sur un plan fixe. Avec moi sur les marches pour avoir la baraque en arrière-plan.

C'était l'heure du journal de six heures et ce zèbre allait rester devant chez moi pour avoir sa séquence en direct, une séquence qui allait probablement me massacrer, mais je ne pouvais rien faire. Si je lui ordonnais de dégager, il serait ravi. Mon poing sur la gueule, ce serait encore mieux mais n'importe quelle forme d'affrontement ferait son affaire.

Abandonnant mon poste d'observation, je gagnai

le hall à pas de loup. Il frappa comme un sourd à la porte de derrière pendant un bon moment avant de renoncer. Je n'osais pas bouger de peur qu'on me voie par les fenêtres. Libre sous caution, j'étais maintenant prisonnier dans ma propre maison !

Finalement, j'entendis la camionnette démarrer. J'étais de nouveau libre d'aller et venir à mon gré. Seulement, je me rendis soudain compte que je n'avais nulle part où aller. Mais j'avais faim. Tout en mettant mes chaussures, je récapitulai les quelques tuyaux que m'avait communiqués Foskey et je décidai d'appeler le reporter du *Daily News* accrédité auprès de la police, Ed Doyle. Il pourrait m'en apprendre davantage sur Escoe. Cette fois, pour changer, la chance me sourit : Doyle était libre et on pouvait dîner ensemble. Je lui proposai un restaurant où nous serions vraisemblablement tranquilles et il accepta.

Mon petit somme m'avait suffisamment retapé pour que je commande un bourbon à l'eau en l'attendant. J'en avais liquidé la moitié quand Doyle arriva. Bien qu'il fût mon cadet de six ans ou peu s'en fallait, il était aussi bon journaliste que moi. Son énergie faisait plus que compenser l'avantage que me donnait l'expérience. Le *Daily News* était le troisième journal où il travaillait depuis qu'il était sorti de l'université et le canard ne le garderait pas longtemps. Après les quelques plaisanteries d'usage, j'attaquai bille en tête :

— Parle-moi d'Escoe.

Ses mains qui tripotaient son verre de scotch s'immobilisèrent.

— Est-ce qu'il a quelque chose à voir avec ton problème ?

— C'est peu probable. J'aimerais seulement que tu me parles de lui.

Son regard me jaugea.

— Qu'est-ce qui t'intéresse ? Ce qui est prouvé et officiel ou ce que je crois être la vérité ?

— Les deux mais surtout ton opinion personnelle. Je sais que l'on n'a jamais réussi à prouver grand-chose de ses agissements.

— Escoe est le type même de l'increvable. S'il lui est arrivé d'avoir des déboires, il n'a jamais été totalement sur la touche. Je parie qu'on l'a affecté au moins trois fois à la surveillance de l'aéroport ce qui, chez les flics, est l'équivalent de la Sibérie.

La serveuse arriva pour prendre la commande. Nous optâmes pour la côte de bœuf pommes au four.

— Il faut que tu m'expliques quelque chose, Ed. Je n'ai jamais compris comment il s'est débrouillé pour être une puissance sous deux administrations qui se disputaient, d'une part, les électeurs mais dont, aussi, l'objectif essentiel était pour l'une comme pour l'autre d'avoir le contrôle de la police municipale.

Doyle sourit.

— Oui, Escoe a commencé par prendre fait et cause pour l'ancienne équipe. Il était le champion du maintien de l'ordre et de la loi par la répression. Et puis, quand le reflux politique s'est amorcé, il a retourné sa veste. Il a cessé d'être bien en cour auprès de la précédente municipalité et, de commandant qu'il était, il s'est retrouvé lieutenant.

— En quoi cela a-t-il fait de lui un héros quand l'ancienne municipalité a perdu les élections ?

— L'effet n'a pas été immédiat mais cela lui a permis de parer au danger en gardant un profil bas. Tu l'as peut-être oublié mais le dénouement de la course à la mairie n'a pas entraîné une réforme automatique de la police municipale. Il y a même eu une méchante bagarre.

Non, je n'avais pas oublié. La jeune municipalité victorieuse avait voulu nommer un nouveau chef de la police mais l'ancien, qui, selon son contrat, devait exercer ses fonctions quelques années encore, avait refusé de céder sa place. Les deux chefs, chacun soutenu par ses fidèles, avaient eu un face à face sous les projecteurs de la télévision comme deux bandits de western et s'étaient mutuellement et réciproquement révoqués. Au bout du compte, la justice avait réglé le conflit mais quel cirque avant qu'elle se soit prononcée !

— Et comment Escoe s'est-il débrouillé pendant ce combat des chefs ? Là, il lui était difficile de ne pas prendre parti.

Doyle s'esclaffa.

— Tu vas dire que j'invente ! Il était comme par hasard en congé maladie... une opération retardée depuis longtemps. En conséquence de quoi, il est passé à côté du plus gros du feu d'artifice. Quand il est revenu, il était évident que ce serait la nouvelle équipe qui l'emporterait.

— Je ne comprends toujours pas comment un ex-adepte des méthodes répressives est devenu l'un des plus hauts dignitaires blancs d'une police municipale dirigée par des Noirs qui ont été élus en faisant campagne sur le thème « non aux brutalités policières », insistai-je. Je vois mal ces gens-là dire amen et accueillir à bras ouverts le pécheur repenti.

— Tu as raison. Il faut creuser un peu pour voir ce qu'il y a derrière les apparences. Escoe s'était fait au fil des années un certain nombre d'amis puissants à la mairie et tu serais étonné de leur diversité. Des Noirs et des Blancs, des conservateurs et des libéraux...

— Je vois. Et comment ce petit génie s'y prend-il ?

— Pour commencer, il est serviable. Une supposition que tu sois conseiller municipal et qu'un de tes électeurs, commerçant de son état, aimerait bien que les flics cessent de flanquer des contredanses à tes clients sous prétexte qu'ils stationnent sur le couloir de circulation réservé aux véhicules de pompiers. Qu'est-ce que tu fais ? Tu vas voir Escoe. Autre cas de figure : tu as besoin d'agents de police pour veiller à la sécurité lors d'un concert ou je ne sais quoi en dehors de leurs heures de service. Escoe t'arrangera ça.

— Dans ce dernier exemple, je suppose qu'il se sucre au passage, non ?

— C'est probable mais il ne prend pas plus que le tarif normal pour assurer la protection des personnes privées qui le désirent et si l'organisateur du concert est un copain des conseillers qui sont du bon côté, il ne lui demandera rien. Le secret, vois-tu, ce n'est pas seulement de se faire des amis mais surtout, des débiteurs. On aurait du mal à trouver quelqu'un à qui il n'a pas fait une fleur au cours des dernières années.

— Par conséquent, quand un type est accusé d'avoir réclamé un dessous de table en se servant du nom d'Escoe, ses amis font bloc pour le blanchir.

— Absolument. Comment veux-tu empêcher un gars de se servir de ton nom ? Après tout, si tu cherches à extorquer de l'argent à un bonhomme en échange d'une intervention, tu es bien obligé de prétendre avoir dans ta manche quelqu'un de haut placé. Escoe, affirment ses amis, est victime de sa position.

— Mais qui sont ces amis qui se précipitent à son secours comme un seul homme ?

— Il a le meilleur des amis possible : le président de la commission de police du conseil, Colin T. Conklin.

— Encore un increvable, celui-là ! Il siégeait déjà au Conseil quand la plupart de ses actuels collègues n'étaient pas encore nés. Et sa réputation n'est pas meilleure que celle d'Escoe. C'est blanc bonnet et bonnet blanc, ces deux-là. J'aurais dû deviner tout de suite.

— Ils essaient de ne pas trop le crier sur les toits et de mettre la pédale douce. Escoe est déjà assez mal vu comme ça.

— Continue, tu m'intéresses.

Doyle fit signe à la serveuse qui vint débarrasser avant de nous apporter le café.

— On ne peut pas gagner du galon pendant que des officiers de police plus anciens piétinent sans que cela crée du mécontentement. Et quand on soupçonne — non, quand on a la certitude — que cet avancement est obtenu en faisant de la lèche, le mécontentement peut se transformer en haine. Beaucoup de policiers haïssent Escoe. Il y a de fortes chances pour que quelques-uns de ses supérieurs n'aient pas de plus cher désir que de le faire sauter mais rien à faire aussi longtemps qu'il aura Conklin dans sa poche pour punir ses ennemis et récompenser ses amis.

Un détail que Doyle avait mentionné un peu plus tôt me revint à l'esprit.

— Tu as bien dit que Conklin est le président de la commission de la police au conseil municipal ?

— Tout à fait.

— C'est bien cette commission qui délivre les autorisations de servir de l'alcool aux night clubs ?

— Pas seulement aux night clubs. Elle accorde aussi des licences de vente aux magasins de spiritueux. Elle peut également les retirer. Si elle met son veto, tu peux dire adieu à ta licence. Je ne crois pas que, en l'espace de dix ans, le conseil municipal ait passé plus de deux fois outre à l'avis de la commission. Rares sont ceux qui oseraient faire un tel affront au tout-puissant système des commissions en général et au président Conklin en particulier. Le postulant dont le dossier a été rejeté a toujours possibilité de déposer plus tard une nouvelle demande qui aura ses chances d'être approuvée.

— Mais c'est un vrai filon, dis donc ! Un type qui a consenti un gros investissement pour acheter un bar, disons, sacrifiera sans sourciller quelques milliers de dollars de mieux dans l'espoir que ça l'aidera à obtenir un avis favorable. Et un tenancier en passe de se voir retirer sa licence crachera encore plus facilement au bassinet. Tu n'as jamais entendu dire que Conklin tirerait avantage de sa situation ?

Doyle se mit à rire.

— J'ai entendu proférer contre lui toutes les accusations que l'esprit humain est capable de concevoir. La délivrance des autorisations de vente d'alcool est, juste après la modification du cahier des charges des zones urbaines à aménager, l'une des plus grasses sources de profits illicites.

Nous bûmes un dernier verre et bavardâmes encore quelques minutes mais Doyle m'avait donné toutes les informations qu'il pouvait me fournir. Je réglai la note, la gorge un peu sèche en me rappelant que j'étais maintenant au chômage.

— Si jamais j'avais encore une question à te poser, Ed, ça t'embêterait que je te passe un coup de fil ?

Son expression s'assombrit fugitivement.

— Non, bien sûr, ne te gêne pas. Mais, si tu veux bien, appelle-moi chez moi ou à la salle de presse de l'Hôtel de Ville, pas au journal. Pour le moment, tu n'es pas.. enfin, je veux dire...

— Ne te casse pas la tête. Il n'y a pas de problème.

— Merci.

*
* *

Sur le chemin du retour, je méditai sur le nouveau statut social qui m'était dévolu. Au moins, Doyle avait fait preuve de franchise en l'évoquant ouvertement. Beaucoup de mes soi-disant amis feraient sans aucun doute l'impossible, quant à eux, pour ne pas se montrer en ma compagnie dans un lieu public. Enfin, me dis-je en guise de consolation, cela me fera économiser une fortune en cartes de vœux, cette année.

Une fois à la maison, je donnai à manger à mon chat, toujours aussi insatiable, et me servis un bourbon à l'eau. Le moment était venu de regarder la situation en face. Même si l'on découvrait le véritable meurtrier et si mon innocence était totalement reconnue, ma carrière de journaliste n'en serait pas moins compromise. Dans la profession, on n'aime pas engager comme reporters des gens dont le nom a été jeté en pâture à l'opinion publique. Or, toute la presse du pays, écrite et audiovisuelle, avait fait grand bruit sur cette affaire. J'étais désormais marqué et je le resterai toute ma vie.

Le téléphone sonna. C'était un vieil ami, Phil Boland, rédacteur au quotidien du matin qui m'appelait.

— Je te téléphone pour que tu saches que tu as encore des copains derrière toi, Bob.

— Je t'en suis reconnaissant, Phil.

— Mais ce que je ne comprends pas, c'est ce que tu faisais dans un boui-boui comme le Valhalla.

Ne voulant pas faire allusion à Foskey, je me contentai de lui annoncer brièvement que j'avais été mis à la porte.

— Après toutes les marques de sympathie qui m'ont été prodiguées, j'ai tout bêtement eu envie de boire un ou deux verres tout seul avant de rentrer. Le Valhalla n'est pas le genre d'endroit où l'on risque de tomber sur des figures de connaissance et c'est en partie pour cette raison que je l'ai choisi.

— Je vois. Et je suppose qu'au point où tu en étais, tu n'avais plus les idées tout à fait claires ?

— Ce n'est pas impossible, répondis-je en riant. Mais même beurré à mort, j'évite toujours d'être mêlé à des bagarres de bistrot. Ma lâcheté congénitale me dégrise aussitôt.

Après avoir encore bavardé un moment à bâtons rompus, Phil me souhaita bonne chance. C'était exactement le genre de coup de téléphone dont j'avais besoin. Il était facile dans une maison vide de cafarder en s'apitoyant sur soi-même. C'est le grand danger qui menace le célibataire et j'appartenais à nouveau à cette catégorie sociale depuis quelques années. Mon mariage n'avait pas résisté à la parenthèse vietnamienne. Oh ! j'avais des tas d'amies mais elles n'étaient que ça, justement : des amies. Cependant, l'absence d'un être particulièrement cher dans ma vie avait au moins un avantage : si je ramenais une strip-teaseuse d'une boîte de nuit, je n'avais de comptes à rendre à personne.

Je terminai mon verre. Me tracasser pour savoir comment je gagnerai ma vie quand cette histoire serait finie était idiot. Mon souci premier, mon unique souci devait être de me laver des accusations dont j'étais l'objet. En outre, dans un recoin de ma cervelle, quelque chose me disait que si je participais d'une manière ou d'une autre à la découverte de l'assassin, cela ne pourrait que redorer mon blason. Et la même petite voix intérieure me chuchotait aussi que si je ne m'agitais pas pour élucider l'énigme, personne ne le ferait à ma place.

Je me couchai. Je m'endormis presque aussitôt après avoir éteint.

Bang-dring-bang-dring-braoum-ratabang-dring-braoum.

Ma première pensée en me réveillant en sursaut fut que cet enfoiré de reporter de la télé faisait un retour offensif. Mais la pendulette indiquait trois heures du matin. Même un journaliste de la télé ne ferait pas ça à quelqu'un. J'enfilai mon pantalon et me dirigeai d'un pas mal assuré vers la porte d'entrée.

A la vue de deux malabars qui se tenaient sur le seuil, je me félicitai d'avoir mis la chaîne de sécurité.

— Qui êtes-vous ?

Au lieu de me répondre, le type de gauche m'interrogea à son tour :

— C'est vous, Whitfield ?

Puisqu'il ne répondait pas à ma question, je n'avais aucune raison de répondre à la sienne. Je refermai, allumai la véranda et les laissai tambouriner jusqu'à ce que le vacarme risque de réveiller les voisins. Quand je rouvris, j'eus la réponse à ma question sous forme d'une main qui se coula dans l'entrebâillement de la porte. Le petit porte-cartes de cuir qu'elle tenait se déplia, révélant l'insigne de police qui y était épinglé.

— Auriez-vous l'obligeance de répondre à quelques questions, monsieur Whitfield ? Un certain nombre de choses nous sont venues à l'esprit depuis votre interrogatoire.

— Non mais vous savez l'heure qu'il est ? Est-ce que vous avez découvert quelque chose ?

— Non, absolument pas. Nous voulons seulement revenir sur différents points de votre déposition.

Un désagréable soupçon se fit jour en moi.

— Attendez, j'appelle mon avocat.

— Un avocat ? Pour quoi faire ? Il s'agit d'une simple petite conversation.

— Pas d'avocat, pas de conversation, laissai-je tomber sur un ton hargneux. A moins que vous ayez un mandat, ce qui m'étonnerait.

— Non, nous n'en avons pas ce soir, fit le flic avec un sourire sournois. Mais nous savons au moins où vous habitez. Vous pouvez aller vous recoucher. Pour le moment, on va faire comme si de rien n'était. Passez donc nous voir dans la matinée.

— J'espère que nous ne vous avons pas dérangé, minauda le second poulet en me tendant sa patte pour que je la lui serre.

J'écumais de rage mais je ne voulais pas le montrer.

— Vous faites vraiment la paire, tous les deux ! Maintenant, vous devriez dégager et faire quelque chose qui soit à la mesure de vos compétences. Semer la panique parmi les couples qui s'envoient en l'air dans Piedmont Park, encore qu'à la réflexion, ce serait peut-être trop excitant pour vous.

Je rabattis la porte avec toute la brutalité dont j'étais capable mais malheureusement pas assez vite. Je ne lui coinçai même pas un seul doigt.

10

Quand je me réveillai, je me sentais étonnamment gaillard pour un type qui n'avait plus de boulot et était accusé de meurtre. Même cette intrusion policière nocturne ne m'avait pas empêché de dormir comme un loir. Quand on est, comme c'était mon cas, dans une mauvaise passe, on cherche simplement à ce que la situation s'améliore. Mon ambition se limiterait désormais modestement à ce que mes journées se terminent sans que je sois sacqué ou arrêté.

Je décidai de m'offrir un petit déjeuner princier : œufs, bacon et crêpes. J'étais en train de laver les assiettes quand le téléphone sonna. C'était le commandant Louis Randall.

— Nous avons encore quelques questions à vous poser, Whitfield, commença-t-il sans autre préambule. Pouvez-vous passer dans la matinée ?

— C'est donc toujours la vieille technique du méchant et du gentil que vous pratiquez ?

— De quoi parlez-vous ?

— Les types de cette nuit étaient les méchants. Maintenant, vous êtes tout sucre et tout miel. Bientôt, je vous considérerai comme mon copain à la Grande Maison, si ça continue.

— Je ne vois toujours pas de quoi vous voulez parler.

— Des deux flics qui ont tambouriné à ma porte à trois heures et demie ce matin, figurez-vous.

— Je ne les avais pas envoyés.

Il avait un tel accent de sincérité que je baissai le ton d'un cran.

— C'était le même message qu'ils m'apportaient. Après m'avoir fait enduré quelques minutes de tracasseries, ils m'ont dit que, somme toute, ça pouvait attendre jusqu'au matin. Maintenant, vous me convoquez. Que dois-je en conclure ? Que deux agents en tenue ont pris sur eux de me rendre visite au beau milieu de la nuit ?

— Je ne sais pas qui leur a donné de tels ordres mais ce n'est pas moi, fit Randall d'une voix sèche. Je ne travaille pas de cette manière.

— Qui est chargé de l'enquête ?

— Moi ! brailla-t-il à tue-tête. Et je saurai le pourquoi et le comment de cet incident. En attendant, je voudrais que vous passiez à mon bureau dans la matinée.

— Laissez-moi prendre contact avec mon avocat. Je vous rappelle ensuite pour vous dire à quelle heure.

Il raccrocha sans un mot de plus et je composai le numéro de Bloch que je mis au courant de la visite nocturne et de la réaction de Randall à cette nouvelle.

— Mais c'est de l'intimidation policière à l'état pur, monsieur Whitfield ! s'exclama le vieil avocat avec une sorte de jubilation qui me surprit. Je vais pouvoir maintenant taper du poing sur la table. Les droits de la défense bafoués, c'est un bon argument à avoir en réserve si besoin est. Mais cela démontre malheureusement qu'il y a eu volonté de nuire délibérée de la part de la police, ajouta-t-il après une pause. Et cela ne laisse rien augurer de bon quant aux procédés qu'elle emploiera dans son enquête sur ces... euh... décès.

— Ils veulent me coffrer, oui.

Bloch émis un son indistinct mais affirmatif.

— Dites à Randall que nous serons là-bas dans une heure. Ça vous convient-il, monsieur Whitfield ?

— Parfaitement. Mais vous pouvez m'appeler Bob maintenant que je suis votre client.

— Non, monsieur Whitfield, je préfère éviter toute familiarité tant que je n'aurai pas gagné.

Je réfléchis à cette dernière phrase après avoir raccroché. Finalement, je trouvai l'explication : Bloch ne tenait pas à être à tu et à toi avec le futur pensionnaire d'un pénitencier. Je rappelai Randall pour lui confirmer l'heure, puis pris ma douche et me rasai. Quand j'en eus terminé avec mes ablutions, il me restait encore assez de temps pour jeter un coup d'œil sur le quotidien du matin. On y parlait de mon affaire mais ce n'était pas du tout l'article bateau apportant les dernières informations en date auquel je m'attendais. Le bon ami débordant de sollicitude qui m'avait téléphoné la veille au soir parce qu'il se faisait tellement de souci pour moi avait rédigé son papier à partir de notre conversation. Il me présentait comme un pochard pleurnichard au bout du rouleau, allant même jusqu'à laisser entendre que j'étais à tel point bourré la nuit du drame que j'étais incapable de dire au juste ce qui s'était passé. Toutes les questions qu'il m'avait posées, et dont le caractère tendancieux me sautait maintenant aux yeux, brillaient par leur absence et quelques-unes auxquelles je n'avais pas répondu figuraient dans le texte sans point d'interrogation et m'étaient purement et simplement attribuées.

C'était du travail perlé. J'imaginais l'impression qu'auraient mes futurs jurés en lisant l'œuvre de ce folliculaire. Je comptai plusieurs fois jusqu'à 10, allumai une cigarette, composai le numéro de la gazette et demandai qu'on me passe Boland.

— Bonjour, Bob. Je présume que tu as vu mon truc dans le canard ?

— Je ne me rappelle pas que tu m'aies précisé que c'était pour faire un papier que tu me téléphonais, tu sais.

— Tu es dans le métier depuis assez longtemps pour savoir ce qui peut se produire quand on parle à un reporter, voyons ! (Il employait le ton exaspéré du professeur qui s'adresse à un élève un peu retardé.) Je suis ton ami mais je suis aussi journaliste.

— Tu sais très bien ce que tu as fait. Tu m'as descendu en flammes alors que tu m'avais dit de la façon la plus claire qui soit que tu m'appelais simplement en tant qu'ami pour me souhaiter bonne chance. (Je ne pouvais pas donner libre cours à ma fureur : si je m'emballais, je lui fournirais matière à un nouvel article, voilà tout.) Ce qui me va particulièrement au cœur, c'est ta façon de transformer tes propres questions en citations que tu me mets dans la bouche. Tu me demandes en blaguant si je n'en avais pas quelques verres dans le nez pour avoir les idées très nettes. Je rigole et je te réponds quelque chose comme : « Ce n'est pas impossible mais même quand je suis beurré, je m'arrange pour éviter d'être mêlé à des bagarres de bistrot. » Et qu'est-ce que ça devient sous ta plume ? Je cite : « J'avais trop bu pour avoir les idées claires, reconnaît Whitfield, ajoutant que c'était la première fois qu'il avait été mêlé à une bagarre de bistrot. Je n'avais jamais été aussi beurré. » Fin de citation. C'est un pur chef-d'œuvre, Phil, d'autant plus que je n'ai pas dit la moitié des propos que tu me prêtes et que c'était dans un contexte entièrement différent.

— Je crois que c'est une transcription tout à fait fidèle de notre conversation. Tu as sans doute oublié une phrase que tu as prononcée et tu as dû la reconstruire de mémoire et de manière fragmentaire.

— C'est ta gueule que je devrais reconstruire, oui !

Je reposai violemment le combiné sur sa fourche, ce que je regrettai aussitôt. S'il avait fait ça une fois, il recommencerait. J'imaginai déjà le titre du journal de demain : « Accusé de deux meurtres, il menace un journaliste ! » Il allait falloir que j'avertisse Bloch.

11

Il y avait des bouchons entre Peachtree et Atlanta à cause des travaux sur l'autoroute dont deux couloirs de circulation étaient fermés depuis neuf heures et demie. Je réussis quand même à arriver à l'hôtel de police avec quelques minutes d'avance. Les deux avocats étaient déjà sur le perron.

— Bonjour, monsieur Whitfield, me lança Bloch d'une voix de stentor. Etes-vous prêt à un nouveau round avec ces messieurs ?

Contrairement au jeune Smith qui affichait une mine lugubre, j'étais forcé de sourire. Bloch se frottait presque les mains tant il était excité.

— N'oubliez pas que ce sont eux qui mènent l'interrogatoire. Ils vont fondre sur nous, pas l'inverse, lui dis-je.

— Oui, c'est bien ce qu'ils escomptent ! Et c'est pourquoi nous devons prendre immédiatement l'offensive maintenant que nous avons une raison en or de passer à l'attaque. Vous leur avez donné tous les renseignements susceptibles d'aider à faire la démonstration de votre innocence. Ils ne cherchent plus qu'une seule chose à présent, monsieur Whitfield : réunir de nouvelles preuves qu'ils pourront utiliser contre nous quand le procès s'ouvrira.

— D'accord, prenons l'offensive.

Il y avait plusieurs policiers avec nous dans l'ascenseur et tous portaient le traditionnel signe de deuil — une bande d'adhésif noir collée en travers de l'insigne — à la mémoire de Salter, le collègue tombé, cela ne contribua en rien à me faire voir la vie plus en rose.

En haut, on nous dit d'attendre. Nous nous assîmes sur le banc. Au bout de quelques minutes, j'eus la conviction que Bloch allait faire un esclandre et partir en poussant une gueulante, ce qui risquerait de faire très mauvaise impression sur des gens qui pouvaient à tout instant demander à un juge de rapporter la mesure de mise en liberté conditionnelle dont je bénéficiais. Je fus soulagé quand, enfin, on appela mon nom.

La petite pièce où nous reçut Randall était totalement nue en dehors d'un bureau métallique et de trois chaises. Il en fit apporter une autre pour Smith. Bloch attaqua d'emblée :

— Je tiens à vous dire que je trouve scandaleuses les tracasseries policières dont mon client fait l'objet. Ces manœuvres d'intimidation sont en contradiction avec toutes les règles admises et violent les garanties de la défense.

— J'ai fait ouvrir une enquête à ce propos, répondit le commandant Randall, manifestement embarrassé. Il semble qu'il se soit agi d'une erreur, en quelque sorte.

— Pour une erreur, c'en était certainement une, je vous l'accorde ! gronda Bloch. Vous avez pensé que mon client pourrait faire des déclarations capables de lui nuire si on l'interrogeait au beau milieu de la nuit hors de la présence de son conseil. Grâce au ciel, il n'est pas tombé dans le panneau !

— Vous vous méprenez totalement. Je n'emploie pas ce genre de méthode et c'est moi qui dirige l'enquête.

Bloch secoua vigoureusement la tête.

— En ce cas, nous savons à qui incombe la responsabilité de l'affaire de cette nuit. Cela étant dit, vous nous avez convoqués. Si vous avez des questions à poser à mon client, faites. Nous sommes tous des hommes occupés et le temps passe vite.

Randall me demanda quelques détails que je pensais lui avoir déjà fournis mais peut-être cherchait-il à obtenir davantage de précisions. Pendant qu'il procédait à cet interrogatoire, la porte à laquelle nous tournions le dos s'ouvrit. Je jetai un coup d'œil par-dessus mon épaule pour voir qui était entré. C'était le directeur adjoint en personne, Melvin Escoe. Il m'adressa un bref hochement de tête tandis que Randall entrait vraiment dans le vif du sujet.

— Redites-moi maintenant pourquoi vous avez choisi de passer cette soirée au Valhalla.

— J'en avais assez de tous ces gens qui juraient qu'ils ne me voulaient que du bien et j'avais décidé de rentrer chez moi. En cours de route, je me suis arrêté pour boire un dernier verre.

— Mais pourquoi au Valhalla ?

Tout ce que j'avais dit jusque-là était l'expression de la pure vérité mais il n'était pas question de prononcer le nom de Foskey. D'une part parce que ça lui coûterait probablement son boulot ; d'autre part je tenais à garder dans la place un allié qui pouvait glaner des informations utiles. Pourtant, si jamais je devais lâcher son nom, c'était le dernier moment où je pouvais encore le faire sans risquer de m'en mordre les doigts. A partir de maintenant, je serai coupable du délit de rétention de renseignements et de mensonge par omission.

— Je ne voulais pas encore tomber sur des gens que je connaissais, répondis-je. Je n'en avais déjà rencontré que trop. Un journaliste connaît par la force des choses une foule de types qui se retrouvent souvent dans les mêmes bars et les mêmes cabarets. Si j'étais allé dans une boîte de ce genre, il y aurait eu de fortes chances pour qu'au moins une personne avec laquelle je suis plus ou moins en relation soit là et m'invite à prendre un pot.

Randall croisa les mains sur son bureau et inclina le buste en avant.

— J'ai fait un tour par là en voiture. On ne voit même pas le club de la rue. Il y a bien une petite enseigne où on lit le mot « Valhalla » mais rien n'indique qu'il s'agit d'un bar. Vous avez été obligé de tourner dans une petite rue latérale pour vous ranger sur le parking de l'hôtel. Il me semble que c'était là se donner beaucoup de peine pour vous rendre à cet endroit précis alors que n'importe quel établissement éloigné du centre aurait très bien fait l'affaire.

— Je savais qu'il y avait une boîte derrière le Liberty. J'y étais entré quelques semaines auparavant.

— Tiens ? Vous ne nous l'aviez pas dit.

— En quoi le fait qu'il m'était déjà arrivé de boire un verre au Valhalla avait-il de l'intérêt ?

— Est-ce cette fois-là que vous avez fait la connaissance de Connie ?

— Non, ce soir-là, elle n'y était pas. (Je voyais maintenant où Randall voulait en venir et je fis un effort de mémoire pour me souvenir des circonstances de ma première visite au Valhalla.) Je crois que c'était un lundi et il n'y avait presque personne. Une seule hôtesse était de service, une brune aux cheveux teints qui devait friser les quarante-cinq ans.

— Et Salter ? L'avez-vous vu ce soir-là ?

— Non. Absolument pas.

Ce fut alors qu'Escoe intervint :

— En êtes-vous sûr ? Réfléchissez bien avant de répondre.

— Je n'avais jamais vu ni Connie ni Salter avant.

Escoe s'approcha du bureau sur le coin duquel il se percha, ce qui déplut manifestement à Randall.

— Vous feriez mieux de dire la vérité. Sinon, il risque de vous en cuire.

— Je vais faire l'effort de parler très lentement, monsieur, et un peu fort pour le magnétophone. Je vous serai reconnaissant de m'écouter avec attention. Voilà : je n'avais rencontré ni Connie ni Salter jusqu'à avant-hier soir.

— Et si nous trouvions un témoin qui vous aurait vus ensemble avant la nuit fatale ? (Il me darda un sourire qui allait d'une oreille à l'autre.) Ça vous placerait dans une position quelque peu inconfortable, non ?

Je hochai la tête.

— La vérité n'est inconfortable que pour ceux qui cherchent à la déformer. Je ne sais pas ce que vous essayez de manigancer, Escoe, mais votre témoin aura besoin d'une sacrée dose d'imagination et il faudra que ce soit un acteur de génie pour que ses déclarations soient convaincantes. Je vous répète que je n'avais encore jamais posé les yeux ni sur cette fille ni sur Salter avant la nuit où ils ont été tués.

Escoe eut le sourire du Chat du Cheshire.

— Vous ne croyez pas que je sois en mesure de produire ce témoin, n'est-ce pas ?

Je haussai les épaules.

— Connaissant votre douteuse réputation, aucune tentative d'affabulation venant de votre part ne saurait me surprendre.

Il n'en fallut pas davantage pour gommer son sourire avantageux.

— N'essayez pas de jouer au plus malin avec moi, Whitfield. Vos pareils, je n'en fais qu'une bouchée.

— Tâchez seulement que votre imposteur de service connaisse sa petite histoire sur le bout du doigt parce que mon métier est précisément de couper le sifflet aux imposteurs. J'ai même réussi à coincer un ou deux fonctionnaires corrompus, et, croyez-moi, ce n'étaient pas des gagne-petit. Les besogneux de l'arnaque ne m'intéressent pas tant que je ne suis pas accusé à la suite d'un coup monté de les avoir tués. Non, ceux qui m'intéressent, ce sont les gros bonnets dont il va peut-être falloir que je dévoile les agissements au grand jour pour me laver des soupçons qui pèsent sur moi.

Escoe paraissait prêt à me sauter à la gorge mais Bloch prit les devants :

— Si vous en avez terminé, messieurs, M. Whitfield et moi avons autre chose à faire que d'écouter ces balivernes. (Il se leva.) Vous venez, monsieur Whitfield ?

Je sortis derrière les deux avocats. Personne ne fit mine de nous en empêcher. Dans l'ascenseur, Bloch n'ouvrit pas la bouche mais il se rattrapa une fois dans la rue :

— Peut-il avoir sous la main un témoin capable de jurer qu'il vous a vu en compagnie de Connie et de Salter ?

— En aucun cas.

— Réfléchissez. C'est capital.

— Ce témoin n'existe pas. Je me souviendrais quand même de lui, bon Dieu, vous ne croyez pas ?

— Alors, vous pensez qu'il bluffe ?

— C'est possible. Mais il peut très bien avoir dans la manche quelqu'un disposé à raconter n'importe quel mensonge. Il peut aussi essayer simplement de semer le doute dans notre esprit. Ou avoir tout bêtement un témoin de bonne foi qui se trompe. Mais le fait est là : je n'avais jamais vu ni Connie ni Salter avant l'autre soir.

Les mains enfoncées dans les poches, Bloch se balançait sur la pointe des pieds.

— Ecoutez-moi, monsieur Whitfield. Je fais de mon mieux pour vous défendre avec l'aide de mon jeune confrère ici présent mais vous ne nous facilitez pas les choses.

— Je sais.

— On ne menace pas la police. Quoi qu'on puisse penser de leur comportement en général ou en particulier, on ne profère pas de menaces à l'encontre d'un officier de police. Surtout quand vos interlocuteurs enquêtent sur vous parce que vous avez assassiné un de leurs collègues.

Je présentai à l'avocat tout à la fois mes excuses et mes remerciements avant de prendre congé. Mais quelque chose me disait tout au fond de moi que si je ne me hâtais pas de m'aider moi-même, je risquais fort de passer les prochaines décennies à écraser les mouches et les moustiques dans l'une des prisons de Georgie du Sud à la triste renommée.

12

En regagnant ma voiture, j'essayai de repérer mon suiveur mais c'était juste la fin des cours à l'université et des hordes d'étudiants avaient envahi la rue. Une fois assis derrière le volant, je réfléchis un moment au plan de conduite à adopter. J'avais besoin de compulser les archives du registre du commerce et de la mairie mais si je voulais voir Foskey aujourd'hui, je devais d'abord passer chez lui.

Quand je démarrai, une auto dont la silhouette m'était familière quitta le parking du corps enseignant, un peu plus haut, et me prit en chasse. J'avais retrouvé mon ombre. Il ne me restait plus qu'à m'en débarrasser. Si jamais la police établissait l'existence d'un lien entre Foskey et moi, je perdrais une précieuse source d'informations.

Je remontai sans me presser Courtland, m'engageai dans Mitchell Street, coupai Capitol Avenue et me présentai devant l'entrée du parking du Capitole. Reconnaissant la Nova, le garde me fit signe de passer mais au lieu de me diriger vers l'aire de stationnement de la presse, je tournai et pris la rampe conduisant au niveau inférieur. La voiture suiveuse, elle, fut arrêtée par le garde qui expliqua sans aucun doute au conducteur que l'entrée était réservée aux seuls membres de l'Assemblée d'Etat et aux personnes qui louaient un emplacement au mois. Je mis à profit ce répit pour ressortir par l'issue donnant sur Martin Luther King Jr Drive. Au bout d'une centaine de mètres, je négociai en trombe l'échangeur en direction du nord. Mon suiveur n'était nulle part en vue. L'intransigeance du préposé n'avait pas dû l'émouvoir outre mesure. Il s'était dit selon toute vraisemblance qu'il trouverait toujours une autre place, fût-ce en stationnement interdit, et qu'il me récupérerait à ma sortie du parking.

Comme disait autrefois mon sergent instructeur, l'imagination est la mère de tous les cafouillages.

*
* *

La propriétaire était toujours sur sa véranda mais, cette fois, elle n'épluchait pas les haricots : elle lisait le journal. En passant devant elle, je remarquai qu'elle regardait une photo s'étalant sur deux pages qui représentait le corps criblé de balles d'un gangster abattu.

— Il est en haut, me lança-t-elle sans lever les yeux de son canard. Je l'ai entendu bouger il y a quelques minutes.

Foskey m'ouvrit au moment où je m'apprêtais à frapper pour la seconde fois. Il portait une robe de chambre délavée et ses cheveux se hérissaient dans tous les sens. Il y avait longtemps que je n'avais pas vu un type à jeun avoir une aussi sale gueule. Si c'était ça l'effet du régime sec, il n'avait pas de quoi pavoiser.

— Comment vas-tu ce matin ?

— Ça ne se voit pas ? répondit-il. Entre.

— Les flics commencent à me persécuter.

— C'était prévisible. Et qu'est-ce qu'ils te font comme misères ?

— Pour commencer, ils m'ont rendu visite à trois heures et demie du matin.

— Ils ne t'ont tout de même pas passé à tabac ?

— Non.

Il haussa les épaules.

— Tu peux t'attendre à ce que ça continue. Ils se garderont de trop pousser pour ne pas prêter le flanc à des poursuites ou à une campagne de presse. (Il s'assit au bord du lit, les coudes sur les genoux, le menton entre les mains.) Mais ils feront en sorte de se rappeler à ton bon souvenir.

Je m'assis sur une chaise.

— Escoe est dans le coup.

Foskey se redressa vivement.

— Comment ça ?

Je lui racontai ce qui s'était passé dans le bureau de Randall.

— Ils se font du mauvais sang, conclut-il. Escoe ne serait pas intervenu personnellement à cette étape de l'enquête s'ils n'étaient pas réellement inquiets.

— En tout cas, je peux te dire que le commandant Randall qui dirige l'enquête n'a vraiment pas l'air d'apprécier.

— Escoe ne serait pas intervenu si Randall appartenait à sa clique, Bob. Mais je ne crois pas que tu aies beaucoup à espérer d'un flic honnête si tant est qu'il soit un flic honnête. Pas avec les ennemis que tu t'es mis sur le dos.

— As-tu découvert quelque chose au Valhalla, cette nuit ? L'assassinat de Salter a-t-il semé la consternation générale ?

Il prit d'une main tâtonnante une cigarette qu'il alluma.

— Il y a quelque chose de bizarre. Personne ne semble particulièrement touché par sa mort, même ses ex-collègues.

— Que les truands ne soient pas bouleversés, je peux le comprendre, mais les poulets, eux, devraient normalement être tout retournés, ne serait-ce que pour des raisons de principes. Au commissariat, j'ai remarqué qu'ils ont collé un ruban adhésif noir sur leurs insignes en signe de deuil.

— Au Valhalla, ils ne portent pas leur insigne, ni avec un ruban noir ni autrement. Et ils n'affichent pas la mine de circonstance. Il y en a trois qui sont passés, cette nuit. J'ai demandé à l'un d'eux ce qu'il en pensait. Eh bien, il s'est mis à rigoler. Quand il était question de la mort de Salter, ils ne manifestaient aucune trace d'émotion. Tout comme mes employeurs quand ils faisaient allusion au double meurtre.

— Ils en ont parlé ?

— Oui mais comme ça, en passant. Ils avaient l'air de trouver très drôle qu'une sombre brute comme Salter se soit fait démolir avec une matraque de policier, lui qui avait chatouillé un nombre inimaginable de poivrots et de demi-sel avec le même outil.

— Qui sont tes employeurs, Foskey ? Qui dirige le Valhalla.

— Le gérant est un certain Miller. Il travaille peut-être seulement pour le compte de l'Hôtel Liberty.

— Alors, l'hôtel contrôle directement le club ? Ce n'est pas une sous-location ?

— Je peux me tromper. Je ne me suis pas livré à une étude détaillée de la chose. Tout ce qui m'intéresse, c'est de servir les clients et de faire en sorte qu'ils claquent un max d'oseille.

— Il faut que j'en sache davantage sur le Valhalla et sur les gens qui sont propriétaires de l'hôtel et qui gèrent la boîte.

— La question de la propriété de l'hôtel ne pose pas de problèmes. Tu n'auras qu'à compulser le registre du commerce. Pour les hommes, ce sera un peu plus coton. Miller s'occupe de plusieurs clubs depuis pas mal de temps mais je serais étonné qu'il soit beaucoup plus qu'un homme de confiance chargé de veiller sur le tiroir-caisse et d'engager ou de licencier les employés comme Connie ou moi. On ne doit pas lui faire beaucoup de confidences mais on le laisse peut-être encaisser un peu d'argent.

— Salter et lui étaient-ils en bons termes ?

Il haussa les épaules.

— Ils se respectaient mutuellement mais ça n'allait pas plus loin. On ne peut vraiment pas dire qu'ils étaient copains comme cochons. Salter faisait ouvertement assez peu de cas de Miller. C'était à ses amis et à Connie qu'il s'intéressait.

— Quels étaient les rapports entre Miller et Connie ?

Foskey médita quelques instants avant de répondre. Il éteignit sa cigarette dans le cendrier.

— Connie, c'était le genre de femme qu'un homme prend tout naturellement sous son aile. C'est dans une certaine mesure ce qu'a fait Miller. Et moi aussi. Elle avait une sorte de fragilité trépidante qui poussait les types plus âgés à adopter une attitude paternelle avec elle tout en la désirant peut-être en secret. Mais je crois que sa vulnérabilité apparente était plus fictive que réelle.

— Comment ça ?

— A mon avis, ce n'était rien d'autre qu'un mécanisme de défense qu'elle utilisait pour désarmer les hommes afin qu'ils viennent à son secours si besoin en était. A bien y réfléchir, pourtant, j'ai le sentiment qu'elle savait mieux se défendre que la plupart ne l'imaginait, moi y compris. Si elle avait vraiment été la petite fille naïve qu'elle prétendait être, elle ne serait pas revenue au Valhalla après le premier soir. Or, elle y est restée plusieurs mois et elle ne semblait pas se donner beaucoup de mal pour chercher un autre travail. Evidemment, Salter y était peut-être pour quelque chose.

— Tu veux dire que si Connie s'était fait engager dans un autre cabaret, Salter, lui, n'aurait pas changé de crémerie ? Cela signifierait qu'il existait un lien particulièrement étroit entre lui et le Valhalla.

— Ce n'est pas Connie qui l'y a fait venir au début. S'il y venait, pour moi, c'était plutôt par obligation professionnelle.

— Il était encaisseur ?

— Si l'on veut, mais il faisait peut-être davantage fonction de surveillant et d'agent de protection. Je te le répète, ce ne sont que des conjectures. Je ne sais pas ce qui se passait effectivement. J'entendais des bruits dans les coulisses mais on ne m'a jamais laissé voir ce qu'il y avait derrière le rideau. Tout ce que je savais, c'était que Salter était plus qu'un simple client, que Connie était une bonne gosse, qu'elle était devenue sa maîtresse et qu'il valait mieux que je ne fourre pas mon nez dans les affaires des autres.

— L'idée que Connie tenait à Salter au point de ne pas vouloir quitter le Valhalla à cause de lui ne colle pas très bien avec ce que j'ai pu observer lors de l'incident du parking, répliquai-je en sortant à mon tour une cigarette de mon paquet. Elle était littéralement pétrifiée sur place. Il la malmenait mais tout le monde connaît l'exemple classique de la femme battue qui fait cause commune avec son tortionnaire et se jette à son tour sur la personne qui essaie d'intervenir. Eh bien, elle n'a pas eu la moindre trace d'une réaction de ce genre quand je suis venu à son secours. S'étaient-ils disputés récemment, tous les deux ?

— Je crois que l'idylle — en ce qui concerne Connie, du moins — était arrivée à sa fin depuis un mois environ bien que Salter ne s'en soit peut-être rendu compte que cette semaine.

— Ça pourrait expliquer pourquoi il semblait aussi en pétard. Tu n'as pas une idée de la nature du problème ?

— Non. Connie était particulièrement taciturne et renfermée depuis plusieurs jours. Je suppose qu'elle se posait des questions. Le dernier soir, celui où tu es venu, elle était redevenue communicative comme avant. Possible qu'elle avait finalement pris une décision et qu'elle se sentait soulagée.

Nous continuâmes à discuter un moment encore. Ce n'était plus aux relations entre Connie et Salter mais à l'hôtel et au club que je pensais maintenant. J'avais encore plus besoin d'informations sur le Liberty et le Valhalla que sur le couple. Pour qu'Escoe suive l'enquête d'aussi près, ce n'était pas uniquement parce qu'il s'agissait du meurtre d'un de ses affidés. Si Salter était tout le temps fourré au Valhalla, ce n'était pas par caprice.

— Je vais m'informer sur les propriétaires du club et rechercher les noms de quelques types qui ont demandé une licence. Tu pourrais peut-être me tuyauter. Il est possible que tu en connaisses certains.

Foskey acquiesça.

— O.K. Je tâcherai de voir.

— S'il y en a que tu connais personnellement — des gens pour qui tu aurais eu l'occasion de travailler, par exemple —, ce serait bien, même, que tu leur téléphones à ma place.

Il ferma à demi les yeux et aspira profondément.

— Ça, c'est une autre paire de manches. Commence par établir ta liste et on verra ensuite. Je ne demande pas mieux que de te donner un coup de main, Bob, crois-moi mais je n'ai pas envie d'y laisser ma peau en prime.

— J'aurais mauvaise grâce à te le reprocher.

Nous nous dévisageâmes quelques instants. Ce fut lui qui rompit le silence :

— Si je reconnais un ou deux noms et si ce sont des gens qui m'inspirent confiance, peut-être que je leur passerai un coup de fil pour toi.

— Merci.

— Tout dépendra des noms.

Je me levai.

— Tu ne peux pas savoir à quel point j'apprécie ton concours.

Il se mit debout à son tour mais ce fut comme si ce simple mouvement avait pour effet de dégager brutalement ses poumons : il fut pris d'un violent accès de toux et un bon moment s'écoula avant qu'il recouvre l'usage de la parole.

— C'est vraiment un peu con, grommela-t-il alors, d'avoir la trouille de me faire flinguer quand on pense au régime que je fais subir à mon organisme. Deux paquets de clopes tous les jours du premier de l'an à la Saint-Sylvestre et des semaines entières que je passe ivre mort... avec tout ça, je ne tarderai pas à bouffer les pissenlits par la racine.

Je lui serrai la main et sortis en me promettant que quand tout serait fini, j'arrêterai de fumer. Si je réussissais à sortir de cette mouscaille sans y laisser de plumes, tout deviendrait possible.

13

Je passai à la maison me changer. Après avoir mis une chemise à carreaux et un pantalon kaki, je fourrai quelques affaires dans une valise et repartis, direction l'Hotel Liberty. Je ne découvrirai peut-être rien mais voir les lieux d'un peu plus près pourrait être utile, on ne sait jamais. Je n'avais rien à perdre sinon le prix d'une chambre pour deux nuits.

Ce fut à peine si l'employé de la réception m'honora d'un regard. Habillé comme je l'étais, il devait sans aucun doute penser que j'étais un prolo en quête d'une piaule bon marché. Le canapé et la plupart des fauteuils du hall étaient occupés. De toute évidence, une bonne partie de la clientèle de l'établissement était composée de retraités qui payaient au mois.

Ma chambre était au 3ᵉ et elle donnait sur Ponce de Leon Avenue. Elle était d'une simplicité spartiate — un lit, une table, une lampe, un petit secrétaire, un placard avec miroir en pied — mais elle était propre. Et, surtout, pas chère.

Je balançai ma valise sur le lit. Pas besoin de m'angoisser pour donner au garçon d'étage un pourboire qu'il jugerait honnête : il n'y avait pas de garçon d'étage. Maintenant que j'étais là, je commençais à me demander en quoi cela me serait utile. A l'exception du hall et du salon, je n'avais pas repéré de poste d'observation d'où je pourrais surveiller les allées et venues et me faire une idée de la clientèle. Et cette chambre minable n'était même pas équipée d'une télévision qui m'aurait permis de tuer le temps.

Je redescendis dans le hall où je m'astreignis à passer quelques minutes inconfortables. Les vieux, il faut leur laisser ça, n'ont pas de complexes à détailler les inconnus sous toutes les coutures. Ils devinaient que je n'étais pas à ma place dans ce cadre et tandis que j'examinais les cartes postales sur le présentoir installé à côté du bureau d'accueil, je sentais leurs regards qui me vrillaient le dos.

J'aurais dû me rendre compte dès le début qu'il n'y aurait que des personnes du troisième âge dans le hall à cette heure de la journée. Je ressortis en traînant les pieds et regagnai ma voiture. En revenant vers six ou sept heures du soir, je pourrais me faire une idée plus claire des habitués de l'hôtel et ma présence serait certainement moins remarquée.

Il était midi et demi passé et mon estomac commençait à gronder comme l'orage sur la Gulf Coast. Je songeai un instant à aller au Harold Barbecue mais non : j'aurais eu toutes les chances de tomber sur des types de l'équipe de presse du Capitole qui m'auraient empêché d'apprécier le braisé Brunswick avec leurs condoléances et leurs questions indiscrètes.

En conséquence de quoi, dédaignant Edgewood Avenue, je tournai dans Butler Street et trouvai un emplacement pour me ranger dans le parking du Municipal Market. Depuis soixante ans, le Municipal Market fait figure d'institution à Atlanta et c'est là qu'il faut aller pour déguster des spécialités bien de chez nous comme les pieds et les joues de cochon ou du lapin sauvage.

Le Shepard's Sandwich Shop est en réalité une petite cafétéria dont le patron fut l'un des premiers hommes de couleur élu à l'Assemblée d'Etat. Après m'être rempli la panse avec sa côte de bœuf, son potiron, sa purée de navets et son pain au maïs, il m'aurait été impossible de ne pas voter pour lui.

Une fois rassasié, je remontai dans la voiture et pris la direction de l'Hôtel de Ville. Grâce à mon coupe-file toujours collé au pare-brise, je pouvais encore me garer dans la contre-allée de Mitchell Street réservée à la presse à condition de ne pas être reconnu par un des agents de police de plus en plus nombreux à savoir que j'étais accusé d'assassinat.

Le service des licences de débits de boissons était au rez-de-chaussée. Ainsi qu'il en va la plupart du temps avec les employés municipaux, il me fallut perdre plusieurs minutes en explications denses mais simplifiées pour faire une brèche dans le mur de stupidité entourant le préposé. Finalement, je parvins à obtenir qu'il me communique le dossier des demandes en attente et recopiai les noms et adresses des postulants désireux d'alcooliser nos concitoyens. Ce pensum terminé, je refis le siège de l'employé et ce regain d'efforts fut couronné de succès : j'eus accès à la liste des anciennes demandes d'autorisation, celles qui avaient été accordées comme celles qui avaient été refusées. Je noircis de la sorte la moitié de mon carnet. Un mois entier ne m'aurait pas suffi pour passer tous ces noms au crible, mais abondance de biens ne nuit pas : mieux valait en avoir trop que de louper peut-être la seule personne qui aurait son mot à dire sur les pots-de-vin.

Quand j'eus mené cette tâche à bien, la fantaisie

me prit de monter au premier, histoire de voir qui pouvait être dans la salle de presse. Il n'y avait personne. Je jetai un coup d'œil au tableau d'affichage. La commission de la police se réunissait cet après-midi. Je regardai l'heure. Elle devait être au milieu de ses travaux. C'était l'occasion ou jamais de me faire une idée plus précise du conseiller Conklin.

Eh bien, le conseiller Conklin ressemblait à un conseiller municipal, et ce n'était pas là la moindre raison de sa longévité politique. Taillé en armoire à glace, planté sur de longues jambes étonnamment grêles, il dominait tout le monde. Sous ses cheveux blancs qui s'éclaircissaient, ses traits dénotaient un sens aigu de la perspicacité, surtout de profil.

Une seule chose déparait le physique de Conklin, qu'il était difficile de ne pas remarquer dans un rayon de trois mètres : son nez. Les photos de jeunesse de son propriétaire indiquaient que cet appendice avait débuté dans la vie sous des auspices parfaitement normaux mais, à présent, il était bourgeonnant, violacé et difforme. J'avais toujours fantasmé sur lui : c'était un tarin en plastique et non fait de chair comme on le croyait communément et la vérité apparaîtrait le jour où Conklin l'approcherait trop près d'une flamme.

Son goût immodéré pour l'alcool l'avait empêché de devenir maire quand il était à l'apogée de sa carrière, à la fin des années 50 et au début des années 60. Pas seulement pour l'alcool, d'ailleurs : il avait aussi un penchant marqué pour les jeunes personnes, adolescentes de préférence mais qu'il trouvait néanmoins acceptables jusqu'à vingt-cinq ans. Il était la terreur du pool des secrétaires qui savaient qu'il n'était pas de ceux qui se laissent aisément décourager. Son nez était le symbole de son vice principal.

Les différents membres de la commission étaient rassemblés autour de leur président comme des vassaux entourant leur souverain. Un capitaine de la police était en train de plancher. Il parlait munitions et balistique. Apparemment, il s'agissait d'une enquête portant sur les types d'armes et de balles utilisés par les forces de police d'Atlanta. Depuis des temps immémoriaux, toute arme de poing autre que le 38 Spécial était interdite et la charge d'éjection des cartouches devait être de faible puissance. Un agent qui avait abattu un braqueur de banque au cours de la fusillade avait récemment été mis à pied. Personne ne niait qu'il avait tiré pour sauver sa vie et celle du personnel de la banque. Il avait été suspendu parce que l'enquête avait révélé que son pistolet était armé de cartouches non réglementaires. Il utilisait des projectiles artisanaux dotés d'une puissance d'impact bien supérieure.

— Pour résumer, dit Conklin, vous estimez que la majorité du personnel n'emploie pas le matériel réglementaire ?

Le capitaine se tortilla avec embarras sur son siège.

— En effet, monsieur le conseiller.

— Vous ne vérifiez donc pas les munitions ?

— Si, régulièrement, affirma le capitaine avec un hochement de tête énergique.

— Comment expliquez-vous que ces contrôles se révèlent inopérants ?

— C'est que, vous comprenez, les hommes quittent le commissariat avec les cartouches réglementaires. Mais ils ont quelques balles spéciales sur eux. Si jamais la situation exige que l'on tire et s'ils en ont le temps, ils font l'échange.

— Voyons, capitaine, ne savent-ils pas que ces projectiles à haute charge font beaucoup plus de ricochets que les autres et ont toutes les chances de transpercer un malfaiteur de part en part et de continuer ensuite leur chemin. Cela aussi augmente le risque de blesser des passants innocents. Le projectile réglementaire de puissance réduite est conçu, en revanche, pour s'écraser et mourir sans causer de dégâts en heurtant un obstacle, trottoir ou mur.

Le cou du capitaine avait viré au rouge brique pendant cette semonce et l'exaspération perçait dans sa voix quand il répondit :

— C'est exact, monsieur le conseiller, mais la majorité de mes hommes estiment que si les circonstances commandent d'ouvrir le feu sur un suspect, il faut agir vite... assez vite pour que l'individu n'ait pas le temps de tirer le premier. Pour ma part, je n'emploie pas de projectiles à haute puissance mais je le ferais s'ils étaient autorisés. On peut vider son arme sur un bonhomme de 115 kilos sans que ça l'empêche de vous l'arracher des mains et de vous la faire avaler. Ce ne sont sûrement pas les balles dont nous sommes dotés qui l'arrêteront. Au contraire, elles ne feront que l'énerver. (Se rendant compte qu'il allait trop loin, le capitaine ajouta, un ton plus bas :) Soit dit sans vous offenser, monsieur le conseiller. Soyez assuré que les services de la police municipale font de leur mieux pour appliquer toutes les règles que, dans sa sagesse, le Conseil décide d'édicter. Simplement, certaines sont plus difficiles à observer que d'autres.

Le débat se poursuivit encore un moment. Au début, j'étais étonné que Conklin mette ainsi cet officier de police sur la sellette mais je finis par comprendre. Sans doute devait-il penser qu'il y avait des voix à gagner en jouant les chiens de garde en matière d'affaires de police.

La discussion devenant fastidieuse, je sortis de la salle de réunion et redescendis. Le tribunal du comté était à deux pas et je voulais consulter le cadastre pour savoir à qui appartenait l'Hotel Liberty. Les employés du greffe étaient beaucoup plus efficaces que ceux de la mairie et ils me trouvèrent le nom du propriétaire en un temps record. Je ne fus d'ailleurs pas tellement plus avancé ; c'était une grosse compagnie d'assurances. Quelques recherches supplémentaires m'apprirent qu'elle possédait tout le pâté de maisons et une bonne partie de celui d'en face. Peut-être espérait-elle que le terrain prendrait de la valeur. Ou qu'elle y voyait le site idéal d'un futur siège régional. Mais dans un cas comme dans l'autre, il était hautement improbable que la compagnie soit mêlée aux traficotages de bas étage dont j'espérais bien apporter la preuve.

J'étais sur le point d'abandonner et de repartir les mains vides quand je m'aperçus que l'adresse de la compagnie domiciliée à Spring Street, n'était pas la même que celle à laquelle était perçue la taxe immobilière : Luckie Street. Je notai cet élément d'information dans mon carnet et regagnai l'Hôtel de Ville sans me presser.

J'arrivai à la salle de délibération juste au moment où la séance était levée. Quelle ne fut pas ma satisfaction de voir que le directeur adjoint Escoe était là ! Il avait pris Conklin à part dans un coin et le conseiller était forcé de se pencher pour entendre ce qu'il lui chuchotait. Ils étaient tous les deux si absorbés par leur conversation qu'ils ne me virent pas approcher.

— Comment vont les affaires, messieurs ?

Ils sursautèrent et s'écartèrent. A l'expression de surprise de Conklin succéda un air ennuyé. Escoe, quant à lui, me montra purement et simplement les dents.

— Qu'est-ce que vous faites ici ? gronda-t-il.

Je lui décochai mon sourire le plus suave.

— Je suis toujours heureux de voir les responsables de notre belle cité conférer. Ce ne peut être que d'un bon rapport.

Si Conklin ne l'avait pas pris fermement par l'épaule, Escoe m'aurait balancé son poing dans la figure.

— Si vous avez des accusations à porter, fit-il, je vous suggère de les formuler ouvertement. Et d'apporter les preuves susceptibles d'être en votre possession.

— Mais que voilà des conclusions précipitées ! Je ne pensais qu'au fait qu'elle a à sa tête des édiles intègres et désintéressés qui se consacrent à légiférer pour protéger les personnes et les biens ne peut qu'être profitable à notre chère cité, Voyez-vous, monsieur le conseiller, il m'a été donné d'être témoin — un témoin de première main — du travail de votre ami ici présent.

Conklin feignit alors seulement de me reconnaître.

— Vous êtes sûrement Whitfield.

— Eh oui, l'infortuné reporter ballotté de catastrophe en catastrophe. Mais il m'arrive parfois de tomber entre deux désastres sur une histoire intéressante. (D'une chiquenaude, je sortis une cigarette du paquet et l'allumai.) Et il se trouve que j'en tiens une qui pourrait bien me conduire dans votre direction, monsieur Conklin.

Contrairement à Escoe, le conseiller demeura maître de lui.

— Beaucoup d'autres que vous ont cru la même chose au cours des années.

— Peut-être n'étaient-ils pas aussi motivés que moi.

J'aurais eu du mal à trouver mieux comme mot de la fin. Aussi, je souris à Escoe et effectuai ma sortie, sentant son regard me poignarder dans le dos.

Je regagnai Mitchell Street et montai dans la Nova. Luckie Street était à deux pas et je regrettai de ne pas y être allé à pied ; il me fallut plusieurs minutes pour trouver une place disponible dans un parking où la durée minima de stationnement coûtait une petite fortune.

L'adresse que j'avais notée était celle d'un immeuble de sept étages et d'une quarantaine d'années. Le panneau du rez-de-chaussée me fournit la pièce dont j'avais besoin pour compléter le puzzle : au 4e étage se trouvaient les bureaux de la Conklin Management Associates.

14

Je n'ignorais pas que Conklin s'occupait d'immobilier, y compris de gestion locative, mais qu'il contrôlât l'Hotel Liberty était pour moi une surprise complète. Cela expliquait pourquoi le club était devenu le point focal de tous les trafics. On pouvait s'y rencontrer sans attirer particulièrement l'attention et on avait en même temps des chambres privées à sa disposition pour parler affaires sans témoin si besoin en était.

Après avoir versé ma rançon au parking, je remontai Luckie Street. Lorsque je tournai dans Spring, j'observai avec attention une voiture dans mon rétroviseur. Une voiture qui, indiscutablement, me disait quelque chose. Je ne mis pas longtemps à comprendre que j'étais à nouveau suivi. Impossible que mon ombre m'ait pris en filature Luckie Street. Vraisemblablement, elle me suçait les roues depuis l'Hôtel de Ville. Escoe avait eu le temps de donner des ordres en conséquence. A moins qu'un flic m'ait reconnu et ait demandé des instructions.

Inutile, en tout cas, de prendre de risques en essayant encore de semer mon suiveur. S'il voulait m'accompagner au restaurant, libre à lui. Je rejoignis

Peachtree et m'arrêtai devant chez Vittorio. On y mangeait convenablement pour un prix raisonnable sans avoir pour autant à endurer le supplice de « l'atmosphère familiale », c'est-à-dire des tripotées de gosses braillards qui vous gâchent tout votre plaisir.

La serveuse m'apporta un bourbon à l'eau et prit ma commande : lasagnes et salade. Les lasagnes c'est délicieux mais c'était aussi le plat le moins cher et il était temps que je commence à faire des économies.

Quand j'en fus au café, je sortis mon carnet où figuraient les noms des cabarets et des demandeurs de licence que j'avais notés. Le cœur n'y était pas vraiment mais si je devais éplucher toute ma liste, il fallait bien commencer. Une de ces boîtes était à quelque quinze cents mètres du restaurant. Il suffisait de remonter Peachtree Street et de prendre East Andrews Drive, on y était tout de suite.

Je réglai l'addition et attendis que le gardien du parking sorte la Nova. J'essayai de repérer mon suiveur, certain, cette fois, qu'il n'était pas loin. A peine eus-je démarré qu'une voiture garée devant la petite imprimerie de l'autre côté de la rue déboîta. J'eus la tentation de la décramponner mais j'y renonçai. Mon ombre ne pouvait pas deviner la raison de ma tournée des bars. Il s'imaginerait simplement que je faisais ce que j'avais fait la nuit des deux meurtres : que je me noircissais pour tenter d'oublier mes ennuis en les noyant dans l'alcool.

Il y avait toute la place qu'on voulait pour se ranger devant le petit centre commercial qui abritait le cabaret. Il en filtrait de la musique dont l'asphalte répercutait l'écho et qui s'amplifiait à mesure que j'approchais.

Il faisait sombre à l'intérieur. Quand mes yeux se

furent accoutumés à la demi-pénombre qui baignait la salle, je distinguai les tables, vides pour la plupart, disposées autour d'une estrade sur laquelle se démenait un groupe de quatre musiciens assistés d'amplis tonitruants. Il n'y avait en tout que neuf personnes, moi y compris, à ne pas avoir en main un instrument de musique ou un torchon à nettoyer les verres.

Jc traversai le désert de la piste de danse pour m'installer au bar et je dus crier pour que le barman m'entende. Le bourbon qu'il posa devant moi était à l'eau gazeuse et non à l'eau plate mais compte tenu de l'orgie de décibels qui nous assourdissait, je devais encore m'estimer heureux qu'il ne m'ait pas gratifié d'un rhum-coca.

L'orchestre, exclusivement composé de Blancs, était apparemment inconditionnel de Chuck Berry. Aux dernières mesures de *Johnny B. Goode* qui avaient salué mon entrée succéda une version un peu longuette de *Roll Over Beethoven* qui déchaîna les applaudissements du type chauve à l'autre bout du comptoir. Il hurlait comme un diacre baptiste à la cérémonie du lavage des pieds. Quand il se fut usé la peau des mains, il s'approcha du juke-box et le brancha avant de revenir au bar, la mine sombre, tandis que s'égosillait un de ces groupes dans le vent dont les membres portent immanquablement d'invraisemblables lunettes de soleil.

— Quel âge avez-vous ? me demanda-t-il de but en blanc.

— Trente-cinq ans.

— Vous aimez ce genre de gélatine ?

Je secouai la tête.

— Pas tellement.

— M'étonne pas. On a exactement le même âge tous les deux et on a grandi, vous et moi, en écoutant de la musique digne de ce nom. Du rock'n'roll pur et dur, des artistes comme Bo Didley !

Il frappa le comptoir du plat de la main.

— Little Richard ! (Bang...) Jimmy Reed !

Bang...

A moi :

— John Lee Hooker !

Il approuva du chef et, cette fois, ce fut un coup de poing qu'il assena sur le comptoir avant de lancer à pleins poumons :

— Buddy Holly !

Et bing sur le bar.

Je ne voulais pas être en reste :

— Muddy Waters.

Il avait maintenant la main trop endolorie pour continuer de taper sur ce malheureux comptoir et il se contenta de faire signe au barman qui lui servit une bière mousseuse. J'en conclus que c'était le propriétaire.

— Si vous n'aimez pas la musique à la mode, pourquoi mettez-vous ce genre de disques dans votre juke-box ? lui demandai-je alors. Si vous êtes le patron, je ne vois pas ce qui vous empêche de jouer la musique qui vous plaît.

— Il faut bien faire des concessions à la jeune clientèle. Elle en redemande et c'est elle qui fait marcher le commerce.

Je m'abstins de formuler des commentaires, me bornant à balayer des yeux la salle quasiment vide. Il suivit la direction de mon regard.

— Je devine ce que vous pensez. Que c'est plutôt le marasme et, tant qu'à se planter, autant le faire en écoutant la musique qui me fait plaisir.

— Pourquoi pas ?

Il revint au juke-box qui s'était tu, glissa deux

pièces dans la fente et enfonça quelques boutons. Au bout d'un instant, la voix de cristal de Dee Clark chantant *Lonely Teardrops* s'éleva.

L'homme au front dégarni regagna le bar, le sourire aux lèvres.

— J'ai quand même quelques classiques anciens.

A Clark succéda Roy Orbinson dans une interprétation de *Working for Man.*

— Orbinson continue de graver, me signala le type. Peut-être que les jeunots finiront par virer leur cuti en écoutant du vrai rock. Bon Dieu ! Comment peut-on supporter la bouillie sonore dont les maisons de disques croient indispensable de nous abreuver, aujourd'hui ?

— C'était déjà ce que les gens disaient à propos d'Elvis et d'Orbinson quand nous usions nos fonds de culotte sur les bancs du lycée.

— Parce qu'ils n'y connaissaient rien. Mon vieux était déjà dépassé par Pat Boone. (Il but une gorgée de sa bière.) Mon nom, c'est Ron. Et vous ?

— Bob Whitfield.

— Comment avez-vous trouvé l'orchestre ?

— Ça chauffait pas mal.

— Faut reconnaître que, pour des amateurs, ces petits gars savent un peu se défoncer quand ils jouent chez moi. Ils préfèrent ça que de répéter dans un garage prêté et que les voisins appellent la police.

— Il y a longtemps que vous avez pris cette boîte ?

— Pas loin de trois mois. J'ai travaillé quatorze ans comme gérant d'une station-service pour me faire finalement pousser vers la sortie par la compagnie pétrolière pourrie avec laquelle j'avais un contrat, tout ça parce qu'elle voulait la mettre en libre-service et me remplacer par un quelconque débile qu'elle paierait avec un lance-pierres. Ils m'ont rendu la vie tellement impossible que j'ai finalement pris mes cliques et mes claques, et adieu. J'ai touché quelques milliers de dollars d'indemnités et j'ai décidé de les investir dans ce club. (Il se tut et laissa son regard errer dans la salle vide.) J'aurais peut-être été mieux inspiré en achetant des actions ou en les plaçant. C'était ce que ma femme voulait faire.

— Il est possible que, tout d'un coup, ça démarre en flèche. Ce sont des choses qui arrivent... la publicité par le bouche-à-oreille...

— Ouais. Pourquoi pas ?

— Ça a quand même dû vous coûter un joli paquet de monter votre cabaret. La rénovation, les équipements, l'obtention de la licence... (Je fis une pause avant de me jeter à l'eau.) J'ai toujours entendu dire qu'on ne l'obtient qu'à condition de graisser la patte aux gens qu'il faut.

— Ben, oui, ça fait partie des frais initiaux, convint-il. Si seulement je pouvais verser la même somme à quelqu'un pour me tirer des pattes ! J'ai un bail d'un an avec une clause de résiliation léonine. Sans compter ce que j'ai dépensé pour refaire la salle. C'était un restaurant, avant.

— Comment vous a-t-on contacté pour le pot-de-vin ? lui demandai-je carrément.

— Lorsque j'ai pris ma décision, j'ai posé des questions ici et là et quelqu'un m'a donné le nom d'un avocat qui pourrait régler le problème de la licence. Sans parler directement de pot-de-vin ; il m'a expliqué comment ça se passe à la mairie. Soit je me drapais dans la vertu et suivais la filière et on verrait bien, soit je donnais un coup de pouce pour être sûr que ma demande serait favorablement accueillie en versant un dessous de table. J'ai préféré ne pas prendre de risques et jouer sur du velours.

— Et ça vous a coûté combien ?

Il me décocha un regard aigu. Je le bousculais un peu trop fort.

— Comme je n'avais pas de casier, que je n'avais jamais eu maille à partir avec la justice ni rien, seulement quelques milliers de dollars. Mais cela a l'air de beaucoup vous intéresser. Est-ce que vous songez à ouvrir un bar, vous aussi.

Il me rendait la monnaie de la pièce. Je souris.

— Ça me coûterait beaucoup trop cher. Moi, j'ai des antécédents judiciaires. Rien de terriblement grave, bien sûr, mais ce serait un prétexte suffisant pour me refuser la licence. (Je pris une cigarette et l'allumai. Ron laissa le silence se prolonger.) Mais, en définitive, qui empoche cet argent ? Les flics ou les politiciens ?

Il me dévisagea sans rien dire ; ça dura une bonne vingtaine de secondes.

— Qu'est-ce que vous êtes au juste ? lâcha-t-il enfin. Un flic ou un politicien ?

Il avait les nerfs tendus et j'étais sur le point de me faire jeter dehors à grands coups de pied dans le derrière. Quand on n'a plus rien à perdre, il ne reste plus qu'à dire la vérité. Cela peut fort bien ne servir à rien mais ça évite au moins de faire travailler inutilement son imagination.

— Je ne suis rien de plus qu'un pauvre con qui s'est fait piéger et j'essaie de m'informer pour tenter de sortir de l'engrenage où je me suis fourré.

— Pourquoi êtes-vous venu chez moi poser vos questions ? me demanda-t-il au bout de quelques instants de réflexion.

— Je n'avais pas de raisons particulières sinon que vous n'êtes ouvert que depuis peu. Si on vous avait contacté pour vous faire cracher au bassinet, ç'aurait été encore tout frais à votre mémoire.

— J'ai déjà assez de soucis et je n'ai pas envie que ce soit encore pire. (D'un geste, il ordonna au barman de lui apporter une autre bière.) Je ne suis pas encore tout-à-fait prêt à fermer boutique et vous dire ce que vous voulez que je vous dise serait suicidaire. Et peut-être pas seulement pour le club.

— Je ne saurais vous en tenir rigueur. Mais je suis dans un tel merdier que je ne recule devant aucun risque.

Il se pencha en avant pour m'examiner de plus près.

— Je pensais bien aussi que votre nom me disait quelque chose ! Vous mettrez la consommation de ce monsieur sur mon compte, fit-il à l'adresse du barman qui arrivait avec sa bière. C'est tout ce que je peux faire pour vous, mon vieux. Maintenant, je vous serais obligé de filer d'ici en vitesse. J'ai déjà suffisamment de poisse comme ça sans avoir besoin de me faire contaminer en plus par la vôtre.

15

La soirée ne faisait que commencer. La boîte où je me rendis après était une discothèque où la sono était tellement agressive qu'elle rendait toute conversation impossible, même en s'égosillant. Une serveuse si peinturlurée que ça en faisait mal aux yeux finit quand même par me désigner du doigt le gérant.

Encore un coup, j'étais confronté à une situation délicate. On ne peut quand même pas taper sur l'épaule d'un parfait inconnu et lui demander : « A propos, combien avez-vous dû verser aux autorités locales pour obtenir votre licence ? »

Pourtant, l'entrée en contact s'avéra d'une singulière facilité. Le gérant était un type maigre comme un balai, la boule presque à zéro. Malheureusement, comme il était camé jusqu'aux yeux il n'y avait pas grand-chose à tirer de lui. A en juger par la façon dont il se grattait nerveusement le nez, la cocaïne devait l'avoir rongé jusqu'à l'os.

Il me surprit quand il me suggéra que nous passions dans une pièce du fond où nous serions plus tranquilles pour parler. La porte était à peine refermée qu'il me causa une surprise encore plus grande. Je me dégageai avec douceur mais fermement, et m'esquivai en me frayant un chemin à travers la piste encombrée. Cette fois, je remarquai qu'une bonne partie des clients étaient indifférents au sexe de leur partenaire.

La boîte suivante était d'un autre genre mais ne valait pas mieux. C'était un de ces nouveaux bars machos-westerns de pacotille : jeans délavés, chemises multicolores et bandannas. Presque tous les consommateurs étaient coiffés de chapeaux de cow-boy et il y avait même un zèbre qui arborait des jambières en peau.

Plongeant dans la cohue, je me propulsai jusqu'au bar où je réussis à me faire servir une bière. Mon verre à la main, je me dirigeai alors vers l'un des principaux pôles d'attraction de l'établissement, à savoir un taureau mécanique : un tonneau monté sur piston avec une selle en travers. Un jeune garçon ivre, le visage couvert d'acné, était précisément en train de se jucher sur la bête sous les clameurs d'encouragement de ses copains : « Vas-y, Slim ! Tiens bon, tu l'auras ! »

Slim en était apparemment persuadé, lui aussi. C'est dire à quel point il était beurré.

La machine infernale démarra lentement mais, brusquement. Elle piqua en avant dans un style on ne peut plus bovidé et Slim décrivit un saut périlleux presque parfait avant de s'abattre au terme de sa trajectoire sur un groupe de cow-boys climatisés, ce qui lui évita de se rompre le cou. Passant de main en main par-dessus les têtes, il se retrouva finalement juché avec le plus grand luxe de précautions sur le comptoir comme la fragile pendule de grand-papa sur la cheminée de tante Betsie. Quelqu'un lui fourra dans la main une bouteille de Pabst ruban bleu, ce qui eut l'air de positivement le ravir.

— Pousse tes fesses, tu gênes, l'ami.

Je me retournai. L'ersatz de John Wayne qui m'avait ainsi interpellé faisait dans les 1,65 m et des poussières, pesait bien 6 kilos de plus que son poids idéal pour le ring et seul le bon Dieu savait combien il avait de verres en trop dans le nez. Je me fendis d'une courbette.

— Pardon excuse, marshall. Comment Miss Kitty et vous vous portez-vous ce soir ?

La fille qui accompagnait ce taré lui coupa l'herbe sous le pied et le neutralisa en éclatant de rire.

— Je suis bien contente que vous soyez arrivé à Long Branch, étranger, me lança-t-elle en jouant le jeu. Fringué comme vous êtes, sûr que vous devez être un pasteur.

— Dieu vous bénisse, mon enfant. J'espère vous voir dimanche à l'église.

Sur ce, je battis en retraite avant que son petit ami ait trouvé une raison de démarrer la bagarre. Mettez un chapeau de cow-boy sur le crâne d'un gars, faites-le boire et ça ne rate pas : il se jettera sur le premier venu plus costaud que lui qui passera à portée de sa main. Et ce ne serait pas une nouvelle querelle de bistrot qui arrangerait mes affaires, maintenant. Escoe m'enterrerait si profondément dans les oubliettes de la prison d'Atlanta qu'aucun avocat au monde ne pourrait m'en extraire.

Je déambulai quelques minutes au milieu de la cohue en essayant de trouver une ligne d'action. C'était trop grand, trop bruyant et trop encombré pour qu'il soit possible de recueillir mine de rien des renseignements intéressants. Mais cette boîte avait un je ne sais quoi qui me retenait, et ce n'étaient pas les femmes seules, encore que ce ne fût pas cela qui manquait, loin de là. Non, il s'agissait d'autre chose, une sorte de chaleur, d'ambiance bon enfant, qui me faisait hésiter à remonter dans mon tas de ferraille. Dehors, l'univers était hostile.

Au bout du compte, je me résignai quand même à vider les lieux et m'installai dans la voiture avec une cigarette pour me tenir compagnie. A la lumière du plafonnier, je regardai l'adresse suivante de ma liste. C'était à désespérer. Tous ces clubs, tous ces troquets, il me faudrait je ne sais combien de jours pour en faire la tournée et les chances que j'avais de tomber sur un bistrot dont le patron aurait envie de vider son cœur étaient minces. J'avais probablement épuisé toute ma veine au premier essai mais pourquoi ne pas continuer ? Au moins, ça occuperait mon suiveur. Dès que j'eus démarré, des phares s'allumèrent derrière moi.

Heureusement, cette fois-ci, c'était une petite boîte. Mais, malheureusement, le propriétaire était un irascible. Dès que j'entrai dans le vif du sujet, il monta sur ses grands chevaux :

— Non mais de quoi est-ce que vous m'accusez, mon vieux ? Ici, c'est une maison honnête et je suis un citoyen respectueux des lois, moi.

— Je me garderai bien de prétendre le contraire.

— Il manquerait plus que ça !

En fait, il avait tout à fait raison d'être sceptique. N'importe comme, je n'avais pas envie de discuter. Sa main droite était dissimulée sous le comptoir et je ne crois pas qu'il récitait le chapelet.

Il était temps de laisser tomber. Minuit était passé, toute la bière et l'alcool que j'avais bu me rendaient un peu cotonneux mais sans rien de la gaieté artificielle qui va avec et j'étais prêt à admettre que j'avais fait chou blanc. Il ne me restait plus qu'à rentrer.

Dans Peachtree Hills Avenue, une Plymouth sans

signes distinctifs me dépassa, puis ralentit tandis qu'une autre voiture surgissait derrière moi. Aucune des deux n'était celle qui me filait depuis le matin. Je n'étais plus très loin de la petite rue où j'habitais mais je n'étais, semblait-il, pas près d'y arriver.

La Plymouth réduisit progressivement sa vitesse tandis que l'auto de derrière gagnait du terrain. Je braquai sec dans l'intention de doubler la première mais le type qui conduisait me surveillait avec attention et il avait des réflexes d'une rapidité stupéfiante. Il me bloqua la sortie et je dus me rabattre sur ma droite. Les deux chauffeurs, me tenant ainsi enfermé se mirent alors à avancer à une allure de limace.

Brusquement la voiture de tête pila. Je l'emboutis, bien évidemment, mais le choc fut d'une surprenante douceur. Je ne descendis même pas ses feux rouges.

Avant même que les bagnoles se soient arrêtées, j'entendis claquer une portière derrière moi. Je n'eus même pas le temps d'ébaucher un mouvement : une main ouvrit la mienne et m'éjecta à l'extérieur. Cela seul était suffisant pour m'énerver. Pourtant ce fut quand son propriétaire me projeta contre la Nova et me balança son genou dans la partie la plus sensible de mon anatomie que la colère s'empara vraiment de moi. Mais mon instinct avait pressenti ce qu'il allait faire et je happai son genou.

La manchette qui s'abattit sur ma gorge fit mal mais je ne lâchai pas le genou que j'avais empoigné. Je le soulevai le plus haut possible. Enfin le type bascula en arrière et heurta le bitume avec un bruit que je trouvai délectable.

Mais le copain, le conducteur de la Plymouth, nous avait déjà rejoints. Rien qu'à la façon dont il lançait le bras en avant, je devinais qu'il tenait quelque chose dans son poing droit pour le lester. J'esquivai et parai son gauche de l'avant-bras, en même temps que le mien s'enfonçait dans ses côtes. C'était si bon que je l'y laissai un instant de trop ce qui donna le temps au poing lesté de me rendre la pareille. Je ne sais pas ce que c'était comme charge utile mais bon Dieu ce que ça pouvait faire mal ! Je fus de nouveau projeté contre la carrosserie mais je parvins — ce fut plus un coup de chance qu'autre chose — à me dérober au crochet du gauche qui, déjà, me sifflait aux oreilles et je décollai de la voiture juste comme sa droite allait repartir à l'attaque. Le gus que j'avais expédié au tapis commençait à se relever. Il était déjà à quatre pattes. Il fallait faire quelque chose, et vite, sinon je les aurais tous les deux sur le paletot en même temps. Et je ne savais que trop bien comment finirait alors ce petit sketch.

Apparemment, mon actuel challenger avait la même vision de l'avenir immédiat que moi car il ne cherchait pas à pousser son avantage. Je découvris un coin de mon visage qui suffit à aimanter sa redoutable droite. Le coup venait de si loin qu'il suffisait d'avoir quelques vagues connaissances du noble art pour la voir rappliquer. Je me pliai en deux et frappai de bas en haut. Cueilli à froid, il s'écroula et ce qu'il tenait dans la main droite sonna sur le bitume.

Le copain était encore à quatre pattes. Je le réexpédiai à terre et m'engouffrai dans la Nova. Mon pare-chocs avant était collé à l'arrière de la Plymouth. Je passai en première et accélérai. Il y eut des grincements métalliques et mes pneus miaulèrent mais je réussis à me décoincer. L'un de mes agresseurs était debout et l'autre tâtonnait autour de lui en rampant comme un type qui a perdu une de ses lentilles de contact. Ils n'avaient pas l'air de vouloir dégainer mais je roulai, accélérateur au plancher, jusqu'à ce que j'atteigne le haut de la côte et sois hors de vue.

Une minute plus tard, je m'arrêtai derrière ma maison. La première chose que je fis une fois entré fut de verrouiller les portes. Il me fallut farfouiller un peu dans le fatras qui encombrait le tiroir de ma table de nuit pour mettre la main sur mon pistolet, un antique automatique calibre 32 portant la marque de la Fabrique Nationale. Comme arme de défense, c'était plutôt léger mais je n'avais rien d'autre. Cela faisait des années que des cambrioleurs avaient gaulé la vieille Winchester M-12 de mon père et mon Stevens à double canon.

Après être resté assis quelques minutes dans le séjour obscur, le pistolet à la main, je commençai à recouvrer mon sang-froid. Je me trompais fort, ou bien mes deux assaillants étaient des flics de la clique d'Escoe chargés de me donner une bonne correction. Peut-être qu'un des patrons de bistrot qui n'avait pas digéré mes questions avait téléphoné à qui de droit pour se plaindre de ma curiosité mais le plus vraisemblable était que la tournée des bars à laquelle je m'étais livré avait inquiété mon ombre. Quand elle avait compris le sens de mes allées et venues, elle avait appelé des renforts.

Je lançai l'automatique sur le divan et allai m'en servir un bien tassé dans la cuisine. Si mes bonshommes revenaient cette nuit me chercher des crosses, je ne pourrais pas faire grand-chose, et surtout pas jouer du pistolet. Si j'avais le malheur de menacer un poulet de mon arme, j'avais toutes les chances de passer de vie à trépas dans les minutes qui suivraient. Quelle meilleure excuse pour régler définitivement un problème à coups de flingue ? Et à supposer que je survive, je serais condamné à la cavale à perpétuité, jamais je ne pourrais recoller les morceaux de la réalité réduite en pièces.

Je songeai un instant à téléphoner à mon avocat mais renonçai finalement à cette idée. Toute cette histoire avait commencé pour lui comme une sorte de farce. J'avais déjà gravement perturbé son petit train-train, ce matin, et si je le dérangeai encore une fois à une heure pareille, il ne l'avalerait peut-être pas et je risquerais alors de me retrouver avec, en guise de défenseur, le jeune David dont toute la sympathie me paraissait aller du côté du ministère public.

Le téléphone grelotta comme si le simple fait d'avoir pensé à appeler quelqu'un l'avait déclenché. Je fus tenté de le laisser sonner mais décrochai malgré tout à son quatrième trémolo.

— Allô ?

— Je voulais seulement m'assurer que vous étiez bien rentrer, monsieur Whitfield. D'après certains bruits qui me sont parvenus, vous auriez peut-être eu des petits ennuis ?

Mon interlocuteur s'efforçait de déguiser sa voix mais elle me paraissait vaguement familière.

— Aucun problème, répliquai-je, bien résolu à ne pas lui donner la satisfaction de m'enquérir de son identité. J'ai seulement dû démolir encore quelques flics, c'est tout. C'est drôle, maintenant je n'arrive plus à dormir si je n'en assomme pas une paire avant de me coucher.

La rage fit monter la voix masquée d'une octave. Elle était encore plus familière, c'était exaspérant.

— Vous êtes coriace, hein ? Un de ces jours, on va voir jusqu'où ça va vous mener.

— Je le suis en tout cas fichtrement plus que les

mollusques que vous n'arrêtez pas de m'expédier. Les deux derniers en date étaient encore plus incapables que Salter. Lui, il avait au moins l'excuse d'être ivre.

— On va vous foutre au trou, Whitfield, et quand on en aura terminé avec vous, vous aurez la bouche tellement enflée que vous ne pourrez même pas boire avec une paille.

Maintenant, je l'avais reconnu.

— Je vais vous dire une bonne chose, lieutenant Roxon. Pour arriver à ce beau résultat, il faudra que quelqu'un me maintienne à terre pendant que vous ferez des moulinets avec vos petits poings mignards.

Il y eut un silence qui semblait ne devoir jamais prendre fin. Quand Roxon reprit la parole, il ne cherchait plus à déguiser sa voix mais elle tremblait de fureur contenue.

— Vous vous croyez drôlement malin, hein ?

— Parler avec des débiles qui s'amusent à téléphoner en pleine nuit me rend tout ce qu'il y a de malin. Vous savez, plus je vous vois, les lèche-cul qui vous aplatissez devant Escoe, moins je suis impressionné. S'il veut prendre la direction des forces de police, il faudrait qu'il ait au moins quelques sous-fifres de premier ordre pour faire ses basses besognes, pas des sous-developpés pour qui faire des menaces par téléphone interposé est le fin du fin. C'est vous tout seul qui avez eu l'idée de m'appeler, hein ? Je ne croirai jamais qu'Escoe ait été assez con pour l'avoir eue. (Il balbutia quelques mots mais je lui coupai la chique :) Allez vous cacher sous les pierres, cloporte !

Je raccrochai et portai mon verre à mes lèvres. La glace avait fondu et mon bourbon était noyé. Je pris la bouteille et lui fis de la réanimation. Ce n'était pas des boniments que j'avais servis à Roxon. Si désastreuse que fût ma situation, je ne pouvais m'empêcher de mépriser ce genre de plaisanteries tout juste dignes d'étudiants. Allez donc avoir de l'estime pour quelqu'un qui s'amuse à de pareils petits jeux de débiles !

16

Pour une fois, je pétais le feu en me réveillant le lendemain matin. Ce ne fut qu'au bout de plusieurs minutes que la mémoire me revint : j'étais accusé d'un double meurtre. Mais même cela ne m'empêchait pas de me sentir en pleine forme. Je me préparai mon petit déjeuner des grands jours : saucisses, œufs au plat, crêpes, céréales (eh oui ! des céréales) et sirop de sorgho, le tout arrosé d'un grand pot de café pour faire passer.

La question qui se posait quand j'eus fini était de savoir ce que j'allais faire de ma journée. Me replonger dans la liste des boîtes récemment ouvertes et des patrons de bar néophytes ? Pour l'instant, c'était au-dessus de mes forces. D'ailleurs, un propriétaire de boîte de nuit digne de ce nom ne serait pas à son poste avant plusieurs heures. Je pouvais aussi commencer à cuisiner les voisins dans l'espoir d'en trouver un qui aurait vu Connie sortir seule de la maison. Mais je n'avais pas davantage le cœur à ça.

Le destin prit finalement la décision à ma place sous les espèces de la sonnerie du téléphone.

C'était Bloch.

— Escoe vient de m'appeler, monsieur Whitfield,

m'annonça-t-il d'entrée de jeu. Il prétend avoir un témoin qui doit vous voir aux fins d'identification.

— Alors, il veut vraiment fabriquer un faux témoignage ?

— C'est ce qu'il semble.

— J'y vais tout de suite.

— Parfait. Je vous retrouve devant le commissariat.

J'empilai les assiettes sales dans l'évier, puis ouvris la penderie. Je décrochai un veston de sport et une cravate. J'étais peut-être chômeur mais je ne voulais pas avoir l'air d'un clochard.

J'eus la chance d'avoir tous les feux au vert et il ne me fallut pas dix minutes pour faire le trajet. C'était peut-être un bon présage. J'eus le temps d'en griller une avant que Bloch apparaisse, flanqué du jeune David.

— Ne faisons pas attendre ces messieurs, me dit-il. Il serait déplorable que leur faux témoin oublie son texte.

On nous fit immédiatement entrer dans une pièce où se trouvaient déjà Escoe et Randall. Le premier était tout sourires mais le second avait l'air d'un mouflet qui a perdu son nounours.

— Avant tout, je dois vous faire savoir que nous avons retrouvé le véhicule de Connie, commença Escoe sans autre préambule. Il était sur le parking du Piedmont Hospital. A deux pas de chez vous, Whitfield.

— Et de chez quelques milliers d'autres personnes, rétorqua Bloch, m'enlevant les mots de la bouche. Ça ne prouve rien.

— Cela étant dit, poursuivit imperturbablement Escoe comme s'il n'avait rien entendu, si je me rappelle bien vos précédentes déclarations, vous n'avez jamais eu de contact ni avec elle ni avec Salter avant la nuit où ils ont été assassinés.

— Je me félicite que ce détail ne vous ait pas échappé.

Bloch posa la main sur mon avant-bras et le serra légèrement en guise d'avertissement.

— Votre mémoire ne vous trompe pas, dit-il à Escoe. Mon client a fait leur connaissance à l'un et à l'autre au Valhalla le soir même de leur mort. Jusque-là, Miss Kulwicki et M. Salter étaient pour lui de parfaits inconnus. Et il n'a pas revu M. Salter après l'altercation qui les a opposés à la sortie de la boîte de nuit — altercation qui, je me permets d'ajouter cette précision, a été déclenchée par M. Salter.

Le directeur adjoint soupira.

— Mais oui, mais oui. Nous avons déjà entendu tout ça.

Un agent entra, s'avança et murmura quelque chose à l'oreille d'Escoe qui, un large sourire aux lèvres, planta ses yeux dans les miens.

— Eh bien, notre témoin est là. (Il désigna du doigt le miroir fixé au mur derrière lui.) Il vous a reconnu grâce à cette glace sans tain.

J'ouvris la bouche mais Bloch me prit de vitesse :

— Nous avons le droit de savoir qui est ce prétendu témoin.

— Absolument. (Escoe se tourna vers l'agent.) Faites entrer.

Le flic s'éclipsa et revint quelques secondes plus tard en compagnie d'un garçon plutôt jeune, la trentaine environ, aux yeux inexpressifs qui resta à se balancer d'un pied sur l'autre en refusant obstinément de croiser mon regard.

— Dis-moi, petit, ce monsieur est-il l'homme que

tu as vu se quereller avec le policier, il y a deux semaines ? (Comme le gars ne desserrait pas les dents, Escoe commença à s'impatienter.) Tu viens d'identifier un homme derrière la vitre. Regarde-le et dis-nous si c'est bien lui qui s'est disputé avec l'officier de police.

L'autre leva la tête l'espace d'une demi-seconde et s'absorba de nouveau dans la contemplation du plancher.

— Ouais, c'est le même. Ils s'engueulaient, le flic et lui. J'étais de l'autre côté de la rue à bricoler sur ma bagnole.

— A propos de quoi se disputaient-ils ? As-tu entendu ?

— C'était au sujet d'une femme, fit le gus d'une voix geignarde. Mais j' faisais pas tellement attention. C'étaient pas mes oignons.

Je me penchai vers Bloch et chuchotai :

— C'est de l'affabulation pure et simple.

— Ne commencez pas à faire de messes basses, me tança l'avocat. Il faut que cet imbécile sache que ses mensonges ne lui préparent pas des lendemains qui chantent.

— J'espère pour toi qu'ils te payent une grosse somme, mon petit vieux, dis-je alors au gars. Parce que si tu répètes ça sous serment, tu auras besoin des services d'un avocat. (Comme il ne réagissait pas, je me tournai vers Escoe.) Il faut vraiment que vous en soyez réduit aux solutions extrêmes pour recourir à d'aussi grossiers mensonges.

— Ce témoignage tiendra la distance, ne vous en faites pas, et, en face, votre petit conte de fées ne pèsera pas lourd. Nous travaillons la question et il se pourrait bien que nous réduisions à néant votre histoire à dormir debout avant même que le jury soit constitué.

— A moins que vous n'ayez les yeux plus grands que le ventre et que la branche sur laquelle vous êtes perché ne craque sous le poids de vos mensonges.

— Si c'est tout ce que vous aviez à nous dire, fit alors Bloch, il ne nous reste plus qu'à nous retirer. Mes collaborateurs prendront contact avec vous pour avoir communication du nom de ce jeune homme et de tous autres renseignements relatifs à cette affaire. (Il s'approcha du type et lui saisit le poignet.) A la barre des témoins, vous serez seul. Et quand des centaines d'yeux sont fixés sur vous, c'est beaucoup plus difficile, vous savez.

— Reconduisez ces messieurs, Randall.

Dans le couloir, je dévisageai le commandant.

— Est-ce que vous êtes dans la combine, vous aussi ? lui demandai-je.

Il nous laissa devant l'ascenseur. Il n'avait pas ouvert la bouche pendant l'entrevue et, celle-ci achevée, il s'en tenait à la même ligne de conduite.

Nous ne commençâmes à parler de ces nouveaux développements qu'une fois dans la rue. David Smith paraissait plus déprimé que d'habitude mais, pour Bloch, c'était le contraire. Il me faisait penser à un athlète après la séance d'échauffement.

— Ne vous cassez pas la tête, monsieur Whitfield. Je doute fort qu'il nous soit donné de revoir ce garçon à la barre. (Il gloussa de joie.) Si jamais le procès doit s'ouvrir, il sera introuvable.

— Je ne serais pas aussi affirmatif, objecta Smith.

Bloch haussa les épaules.

— N'importe comment, il ne m'inquiète aucunement.

— Mais pourquoi se sont-ils donné tant de mal ? m'exclamai-je.

— Probablement pour faire pression sur nous dans l'espoir de nous forcer à négocier, répondit le jeune David. J'ai déjà vu la police brandir bien haut des preuves qu'aucun tribunal n'accepterait, rien que pour donner des sueurs froides à un inculpé et à ses défenseurs. De plus, nos interlocuteurs savent que M. Bloch est moins familiarisé avec le droit criminel qu'avec d'autres domaines de la loi. Peut-être n'avaient-ils pas pensé qu'il prendrait aussi rapidement la mesure de leur témoin.

— Comme quoi il arrive à tout le monde de se tromper, conclut allègrement Bloch. Et si l'on se trompe une fois, on peut se tromper deux fois, et ainsi de suite. Je vous ferai signe ultérieurement, monsieur Whitfield. Tâchez seulement d'en apprendre le plus possible sans vous mettre encore dans un mauvais cas.

17

Je décidai d'occuper le reste de la journée en rendant encore visite à Foskey pour lui montrer ma liste de clubs et de propriétaires de bar au cas où un des noms lui dirait quelque chose. Peut-être même que je réussirai à le convaincre de m'aider à confesser quelques-uns de mes candidats à la licence. C'était beaucoup demander mais si jamais il avait des contacts avec les uns ou les autres, il pourrait essayer de les faire parler sans risquer, comme moi, d'éveiller leurs soupçons.

Je commençai par m'assurer que je n'étais pas suivi avant de prendre la direction de chez lui. Je tournai en rond vingt minutes sans quitter le rétroviseur des yeux mais je ne remarquai rien d'anormal.

Cette fois, la logeuse ne m'attendait pas sur le perron. Probable que c'était le jour où elle faisait ses commissions. En revanche, un vieux bonhomme qui avait une barbe de trois jours et aurait eu besoin d'un râtelier depuis trois décennies était assis sur les marches.

— V's auriez-t-i pas un dollar à filer à un pauvre vieux à qui personne donne du boulot, patron ? fit-il d'une voix geignarde quand je posai le pied sur la première marche.

— Pourquoi ne vous donne-t-on pas de travail? fis-je en me creusant la tête pour trouver quelque chose d'aimable à répondre. Vous avez l'air de vous porter comme un charme.

— L'air, p't être bien, mais pas la chanson. (Il se tapota la poitrine.) J'ai les éponges qui partent en brioche.

— Vous avez travaillé longtemps dans le textile?

— Pas loin de quarante ans. J'ai commencé tout jeunot.

— Vous ne devez plus être très loin de la retraite.

— Eh non! Ça fait cinq ans que j'ai pas bossé. (Il toussa comme pour me faire la démonstration de son problème. Les crépitements grinçants qui s'ensuivirent mirent un certain temps à s'apaiser.) Et croyez-moi si vous voulez, c'est pas une maladie qu'est reconnue. Quarante ans que j'ai respiré c'te poussière de coton et maintenant, j' vaux plus rien, moins qu'un chien, sans plus de boulot et même pas de pension.

Je sortis mon portefeuille et après un moment d'hésitation, je lui tendis un billet de cinq dollars. Culpabilisé : si je n'avais pas été sur le pavé, j'aurais doublé la mise.

— Merci, patron. Vous auriez pas aussi une clope?

Je m'efforçai de garder un masque impassible tandis que je lui offrais une cigarette. Il commença par en arracher le bout filtre avant de l'allumer d'une main agitée de tremblements. Je le laissai tirer dessus avec béatitude en réfléchissant sans aucun doute à la marque de bibine qu'il allait acheter avec mes cinq dollars.

Une fois à l'étage, je tambourinai à la porte jusqu'à ce que Foskey se décide enfin à demander qui était là. J'annonçai la couleur et il ouvrit. Il était encore en pyjama mais son regard était clair et il paraissait lucide. Ouf ! Mes craintes que toutes ces embrouilles l'aient incité à prendre une cuite n'étaient pas fondées.

— Tous les matins, tu t'amènes de plus en plus tôt, alors ? maugréa-t-il.

— Excuse-moi.

Sa bouche se plissa en une esquisse de sourire.

— Il n'y a pas de mal, Bob. Entre. (Il enfila une vieille robe de chambre.) Tu veux du café ?

— Non merci.

Il s'assit sur le bord du lit et porta une tasse fumante à ses lèvres. Je le laissai avaler une gorgée avant d'attaquer.

— Il ne s'est rien passé de neuf au Valhalla, cette nuit ?

Il posa sa tasse par terre.

— Il n'y avait encore jamais eu autant de monde. Ça se bousculait. Dans la pièce du fond, je veux dire. Même Escoe est passé. Et pour qu'il se pointe là-bas, il fallait qu'il ait une raison sérieuse.

— Laquelle, à ton avis ?

— A mon avis, tu les emmerdes.

— Moi ? Tu parles ! Je suis pieds et poings liés. C'est du beau travail. Difficile de faire mieux.

Il sortit une Pall Mall du paquet posé sur le lit et l'alluma.

— Tu soulèves toutes les pierres que tu rencontres. (Il souffla un nuage de fumée.) Et tous savent ce que les autres ont à cacher. Tôt ou tard, tu finiras par dégoter quelque chose, c'est réglé comme du papier à musique. C'est pour ça qu'ils sont tellement emmerdés.

— J'aimerais en être aussi sûr que toi. Franchement, je ne crois pas que j'aurai cette chance. Recueillir des bruits qui courent, c'est facile mais obtenir des preuves susceptibles d'être retenues par un tribunal, c'est une autre paire de manches. Et même à supposer que je puisse apporter la preuve tangible qu'il existe un trafic, il me faudra encore établir le lien entre ce trafic et la situation dans laquelle je me débats actuellement. Même si je démontre qu'Escoe et sa bande s'en mettent plein les poches, je ne serai pas pour autant innocenté de l'accusation de meurtre qui pèse sur moi. Je dois absolument établir que Salter était dans le coup et que quelqu'un d'autre avait un motif pour le tuer.

Foskey glissa une main à l'intérieur de sa robe de chambre et se gratta le thorax.

— Oui mais si tu réussis à prouver que le trafic existe, je parie tout ce que tu veux que tu pourras établir la culpabilité de Salter. Fais un peu travailler tes méninges. Pourquoi Escoe et sa clique auraient-ils voulu le tuer, en admettant que ce soient eux qui l'aient tué ? Quel mobile auraient-ils pu avoir ?

— S'il faisait les encaissements pour eux comme nous le suspectons, il se sucrait peut-être au passage.

Foskey rumina un moment ma suggestion mais, finalement, il fit non de la tête.

— Il n'aurait pas été assez stupide pour essayer de jouer à ce jeu-là, ça ne me paraît pas vraisemblable. Les sommes versées par les rançonnés sont parfaitement répertoriées et si le compte n'est pas rond, ça se voit immédiatement. Si Salter s'était servi, il n'aurait pas attendu de se faire liquider. Il aurait filé dans un autre Etat sous un autre nom avant qu'Escoe ait eu la puce à l'oreille. Ce n'était pas un imbécile. De plus, ajouta Foskey après une pause, pour que ça en ait valu la peine, il aurait fallu qu'il ramasse un gros paquet, et ce n'est pas en grattant sur les encaissements qu'il y serait arrivé.

— Oui, c'est un raisonnement qui tient debout. Mais s'il avait fait un peu de chantage sur les bords ?

— Tu veux dire en taxant les limonadiers en sus pour son propre compte ? (Il plissa les yeux pour mieux réfléchir.) Ça se peut, je ne dis pas, mais tuer deux personnes pour une poignée de dollars... je ne crois pas que le jeu en valait la chandelle. Dans ce cas-là, on l'aurait dénoncé, on ne l'aurait pas descendu. Salter était vraisemblablement tenu en très haute estime. Ces gens-là ne l'auraient pas tué pour des raisons mineures.

— Et s'il avait fait directement chanter Escoe ? S'il l'avait menacé de tout révéler ? Là, il y aurait eu une raison valable pour le liquider.

Foskey reprit sa tasse et la vida.

— C'est possible, évidemment mais je le vois mal en maître chanteur. Au Valhalla il était naturellement d'un loyalisme au-dessus de tout soupçon. S'il méditait de tenter un coup pareil, alors, c'était un comédien de grande classe.

— Il y a toujours l'hypothèse de la jalousie. Quelqu'un dont Connie se serait amourachée avant de rencontrer Salter.

Foskey n'y croyait pas, moi non plus d'ailleurs. Si elle avait eu un ancien petit ami auquel elle tenait encore tant, elle l'aurait dit à Foskey. Il y aurait eu des signes avant-coureurs annonçant le meurtre, ce n'aurait pas été un coup de tonnerre dans un ciel pur. Néanmoins, on ne pouvait rejeter entièrement cette possibilité. Foskey ne bordait pas Connie dans son lit tous les soirs. Et un ex-petit ami avait pu resurgir du passé.

— C'est l'assassinat de Salter qui fout tout en l'air. Tout permet de penser qu'il a tué Connie. Le seul problème, c'est qu'il est mort de la même façon qu'elle.

— Il me paraît clair que si nous avons affaire à un meurtre prémédité, c'était lui qui était visé. Il s'est simplement trouvé que Connie était là au mauvais moment. C'est ton avis à toi aussi ?

— Ça tient autant debout que le reste, répondis-je à Foskey. Mais le meurtre a eu lieu chez elle. Si Salter était la cible numéro 1, ils devaient donc aussi surveiller l'appartement de Connie ou le suivre constamment pour trouver un endroit où l'exécuter.

— Ils passent à l'action et comme la petite est témoin, il faut l'éliminer à son tour ?

— C'est l'hypothèse la plus logique.

— Pauvre petite Connie, tu n'as jamais eu de chance. Pas plus avec tes vieux qu'avec tes boulots et tes petits amis. Rien que des désillusions.

— Il est déjà un peu tard mais on peut peut-être encore empêcher que l'enquête sur son assassinat s'avère une déception de plus. (Je sortis mon carnet avec les noms que j'avais relevés.) Est-ce que tu connais une ou plusieurs de ces personnes ? Il y a une croix devant le nom de celles que j'ai vues cette nuit.

Il prit le calepin et se mit à le feuilleter lentement.

— Toutes ces demandes d'autorisation sont très récentes, dit-il finalement. Presque la moitié de ces gens-là sont nouveaux dans le métier. J'en connaîtrai peut-être quelques-uns un jour ; si ça se trouve je travaillerai même pour certains mais, pour le moment, ce n'est pas le cas.

— Tu as dit « presque la moitié ». Donc tu as reconnu un ou deux de ces noms.

Il me lança le carnet.

— Possible.

C'était l'occasion ou jamais de le pousser à s'engager... si j'y arrivais.

— Penses-tu pouvoir les appeler ? Pour voir s'ils te parleraient à toi ?

Son froncement de sourcils fit naître une petite centaine de nouvelles rides sur son visage chiffonné.

— A quoi est-ce que ça te servirait ? Tu ne pourras pas utiliser ce qu'ils me diront dans une conversation privée. Et je ne parle pas seulement de la justice mais aussi de la presse.

— Le moment est venu de te remettre à ta machine à écrire. (J'avais dit ça sur le ton de la plaisanterie mais, à la vérité, j'étais très sérieux.) On utiliserait la même signature.

— Quel canard sortirait une histoire pareille ? grommela-t-il. Si tu veux mon avis, tu es vraisemblablement le seul dans cette ville à qui les directeurs de journaux accorderaient encore moins de confiance qu'à moi, ce qui n'est pas un petit exploit. Jusque-là, je tenais le record dans ce domaine.

— On trouvera peut-être quelqu'un qui publierait ça. Un de ces hebdos qui se baptisent alternatifs, par exemple. Ils sont à bout de souffle et seraient enchantés d'ouvrir leurs colonnes à une affaire qui ferait monter les ventes et parler d'eux.

— Je t'ai déjà dit qu'il n'en est pas question !

Il se leva pour aller se planter devant la fenêtre. Je ne m'étais pas attendu qu'il accepte mais j'étais surpris par sa véhémence. Je patientai.

— La presse, c'est fini pour moi, laissa-t-il enfin tomber. Depuis des années. J'ai fini par me faire une raison. Il y a même des jours où j'en suis content. Alors, ne revenons pas là-dessus.

— Comme tu voudras. Mais est-ce que tu es quand même d'accord pour tâter les types de ma liste que tu connais, essayer de les faire parler et préparer éventuellement le terrain pour que j'aie une entrevue avec eux ?

— Je ne demande pas mieux que de t'aider, Bob, répondit-il en martelant ses mots. Mais si le bruit se répand que je cherche à me tuyauter sur les flics marron et nos édiles corrompus, je ne donnerai pas cher de ma vie. Même si ça ne se sait pas tout de suite, je ne serai jamais sûr que ça n'arrivera pas un jour ou l'autre à se savoir et je passerai le reste de mon existence sur le qui-vive.

— Oui. Tu as raison, évidemment. Je n'ai pas le droit de te demander de prendre ce risque.

Il s'assit sur le rebord de la fenêtre. De nouveau, le silence retomba. Ce fut lui qui le brisa :

— Il y a un gars de ta liste que je pourrais sonder. Bien entendu, rien de ce que j'apprendrais éventuellement ne sera rendu public. Je tâcherai seulement de voir s'il pourrait nous donner des informations.

Je me mis debout, prêt à m'en aller.

— Je te remercie, Foskey. Si je ne pensais pas que ça a des chances d'être crucial, je ne t'aurais jamais demandé...

— Laisse tomber, Bob. Reprends ta liste et vérifie seulement les types dont la demande de licence a été refusée. Mon bonhomme fait partie de l'autre groupe. Je m'occuperai de lui.

— Pourquoi ceux dont la demande a été refusée ? Il va de soi que ces gens-là n'ont graissé la patte de personne sinon ils l'auraient, leur licence.

— Je songe à un autre truc. Ils ont peut-être

essayé mais on n'a pas donné de suite. Après tout, il y a des types qui ont des antécédents si chargés qu'Escoe et son copain le conseiller eux-mêmes ne peuvent rien pour eux.

— Et, à ton idée, ces mecs l'auraient assez à la caille pour parler, c'est ça ?

— En tout cas, une chose est sûre : ils n'ont rien à perdre. (De nouveau, c'était le vieux briscard qui faisait la leçon au néophyte.) Alors que les autres, eux, ont tout à perdre, au contraire. Quoiqu'il arrive, l'argent qu'ils ont casqué, ils n'en reverront jamais la couleur. Et avoir la langue trop longue risquerait de leur coûter la licence pour laquelle ils ont déjà craché et ils auraient, en plus, des chances de se retrouver en prison ou pire encore.

— Je vois.

— C'est toujours aux perdants qu'il faut s'attaquer, Bob. Les gagnants sont trop occupés à compter leur fric pour causer à qui que ce soit.

J'avais mauvaise conscience. Fallait-il ou non que je lui parle des deux gorilles avec qui je m'étais battu, cette nuit ? Ce ne serait évidemment pas ça qui réchaufferait son enthousiasme mais je ne pouvais pas le mettre dans le bain en le laissant dans l'ignorance de la dernière manifestation sportive en date. Son expression ne changea pas pendant le récit que je lui fis de la bagarre.

— J'aurais dû te dire ça tout de suite, conclus-je. Si tu veux reprendre tes billes maintenant, je le comprendrai.

Il réfléchit un moment avant de répondre.

— Passe me voir dans la matinée. Mais pas à des heures impossibles !

18

Avec le numéro un de la liste, je fis un bide. Après que sa licence lui eut été refusée, il avait selon toute apparence quitté Atlanta pour un endroit où les autorités se montreraient moins sourcilleuses — ou, peut-être, plus gourmandes. Du coup, je commençai à me demander avec inquiétude si j'arriverais à mettre la main sur un seul des sept autres bonshommes figurant sur mes tablettes.

J'avais tort de me tracasser : le second, un certain A. A. Camon, était chez lui. Il habitait Charles Allen Drive, à quelques pâtés de maisons du studio de Connie. A l'intérieur, l'obscurité était presque totale mais je frappai quand même à la porte. Un petit bonhomme fragile aux abords de la quarantaine m'ouvrit, clignant des yeux à la lumière du jour. Il portait un pantalon de toile douteux et un maillot de corps auquel un fleuve de javel n'aurait pu rendre sa blancheur originelle. Il y avait un sacré moment que ses cheveux châtain clair n'avaient pas vu la couleur du shampooing.

— C'est la ville qui vous envoie ? me demanda-t-il.

— Non.

Il me dévisagea en battant des paupières.

— Je vous dois combien ? s'enquit-il.

— Rien du tout.

Mais il ne tint pas compte de ma réponse :

— Je ne peux pas vous payer tout de suite, je n'ai pas un sou. J'espère que la situation sera rétablie d'ici quelques jours et que je pourrai vous verser un acompte.

— Je vous assure que je ne viens pas faire de recouvrements. Je voudrais seulement m'entretenir d'une ou deux choses avec vous.

— Eh bien, entrez, inspecteur. Il fait un peu noir. On m'a coupé le courant et il n'y a pas assez de fenêtres pour éclairer la maison. (Il eut un rire nerveux.) Quand elle a été construite, les tarifs de l'électricité étaient encore bas.

Je ne bougeai pas.

— Vous ne comprenez pas. Je ne suis pas plus inspecteur de police que garçon de recettes.

Le temps d'hésitation qu'il marqua ne dura pas plus d'une seconde.

— Entrez quand même. Ça m'arrive si rarement de causer avec quelqu'un qui n'est pas un créancier ! Quand le téléphone est suspendu, ils se mettent aussi sec à paniquer et ils vous envoient l'huissier.

Je le suivis. La pièce qu'il me fit traverser criait misère et j'essayais d'imaginer quels sentiments pouvait éprouver un préposé aux encaissements brusquement confronté à ces signes extérieurs de pauvreté. Cela ne le disposait sans doute pas à se montrer plus compatissant mais il ne devait plus avoir autant le cœur à l'ouvrage. Il y avait une cheminée noire de suie mais les moyens de Camon ne lui permettaient manifestement pas d'acheter du charbon : des morceaux de bois et des bûchettes — toutes petites, les bûchettes — étaient empilés à côté de l'âtre. A en juger par les briques posées dans le foyer, ici, on faisait la cuisine dans la cheminée.

— Allons dans la cour, si vous n'y voyez pas d'inconvénient, me dit-il en me précédant dans la cuisine qui faisait suite à la minuscule salle à manger. Il y a des chaises et on y est bien, à l'ombre. Comme ça, nous n'aurons pas l'impression de nous rencontrer dans un souterrain.

Dehors, deux antiques chaises de jardin en métal faisaient face au potager qui occupait la quasi-totalité de la cour microscopique. Les sillons zigzaguaient un peu mais Camon promenait son regard sur son modeste lopin avec la fierté d'un planteur du siècle précédent.

— Quand ça sortira, au moins on n'aura plus de soucis à se faire pour manger, fit-il. Tout ce que je demande, c'est que juin et juillet ne soient pas aussi secs que l'année dernière parce que je n'aurais plus alors qu'à faire une croix sur mon maïs. Bien sûr, ajouta-t-il en me décochant un sourire, j'espère que d'ici-là, ils m'auront rétabli l'eau. A ce moment, je pourrai en sauver une partie.

— Que faites-vous pour gagner votre vie ?

— Rien. Enfin, rien depuis un certain temps, précisa-t-il avec un sourire emprunté.

J'insistai :

— A l'époque où vous travailliez, dans quelle branche étiez-vous ?

Il réfléchit un instant avant de répondre.

— Je bossais tantôt ici, tantôt ailleurs. Les derniers temps, c'était surtout dans les magasins d'articles ménagers. Avant, je tenais un bar pour quelqu'un. (Il me décocha un coup d'œil intrigué.) C'est pour me proposer un job que vous êtes venu ?

— Non, monsieur Camon.

— Appelez-moi Sandy.

Je ne savais pas trop comment lui expliquer le motif de ma démarche. Il cherchait à me mettre à l'aise et il me faisait penser à un vieux chien qui, malgré tous les coups de pied qu'on lui a flanqués, n'a pas perdu sa confiance dans les hommes. Il aurait été facile de lui mentir. Il appartenait à la race des innocents sans défense.

— Je voudrais vous parler de la demande que vous avez déposée il y a quatre mois pour ouvrir un débit de boissons et qui vous a été refusée, Sandy. Je suis journaliste, ancien journaliste, plus exactement, mais il se trouve que j'ai actuellement des ennuis avec des gens que vous avez peut-être eu l'occasion de connaître quand vous essayiez d'obtenir cette licence. Je cherche à comprendre comment le mécanisme de délivrance des autorisations fonctionne dans l'espoir de résoudre mes propres difficultés. Tout ce que vous me direz restera entre nous si vous êtes d'accord pour que j'utilise vos déclarations.

Il penchait la tête de côté comme s'il était dur d'oreille. Il hocha le menton une fois au milieu de mon discours et plusieurs quand il fut fini.

— O.K. Qu'est-ce que vous voulez savoir ?

J'allumai une cigarette et, devant son regard avide, je lui en offris une.

— Pourquoi votre demande a-t-elle été rejetée ?

— J'avais eu des histoires avec la justice, avant. Emission de chèques sans provision.

— Des gens qui ont commis des délits plus graves ont quand même eu gain de cause.

Il haussa les épaules.

— J'étais un récidiviste. Et il y avait aussi d'autres raisons.

— Par exemple ?

Il aspira longuement une bouffée de fumée et se pencha en arrière pour la rejeter.

— Je vais vous raconter comment ça s'est passé.

— Je vous écoute.

— Un homme est venu me faire une proposition. Celui qui finançait le bar dont j'étais le gérant à ce moment-là. Il voulait ouvrir un club mais, vu ses antécédents, il y avait toutes les chances pour qu'on lui refuse l'autorisation.

— Qu'est-ce qu'on lui reprochait ?

— D'être lié au milieu des jeux clandestins et de la prostitution. Il avait des contacts avec ce que vous appelleriez le syndicat du crime, je suppose. Aussi, il n'était pas question pour lui d'avoir une licence à son nom.

— Je comprends.

— Ce n'était pas un mauvais bougre. En tout cas, il avait toujours été chic avec moi.

— Bien sûr.

— Alors, j'ai accepté de lui servir de prête-nom. Bon Dieu ! ça aurait été le rêve. J'aurais touché un salaire sans avoir rien d'autre à faire que de mettre un beau costard et accueillir les gens à la porte, le soir. J'aurais bien dû me douter que c'était trop beau pour être vrai.

— Votre bienfaiteur ne se rendait-il donc pas compte que vos démêlés avec la justice poseraient un problème presque aussi insurmontable que le sien ? Ou escomptait-il que les choses s'aplaniraient avant que la commission se prononce ?

Sandy tira de nouveau sur sa cigarette.

— Il ne savait pas que j'avais été condamné. Je ne lui en ai pas touché mot et il a dû probablement penser que je n'avais pas de casier.

— Oh ! J'imagine qu'il n'a pas dû être content quand la demande a été rejetée.

Il acquiesça d'un air morne.

— Il m'a giflé. Il s'est levé, il a fait le tour de son bureau et il m'a giflé comme si j'étais un gosse.

Apparemment, je n'avais pas beaucoup plus de chances de recueillir des tuyaux utiles de la bouche de Camon que de celle des bistroquets qui avaient eu plus de veine que lui. Néanmoins, je fis une dernière tentative :

— Ce dont j'ai entendu parler et ce qui m'intéresse, ce sont les bakchichs qu'il faut donner pour obtenir les licences. Pourquoi votre commanditaire n'a-t-il pas tout simplement payé ce qu'il fallait raquer pour avoir le feu vert ?

— Oh mais si, il a banqué. Seulement, vous comprenez, du fait de ma situation, il y a eu une rallonge. C'est ça qui l'a mis en colère.

— Que voulez-vous dire ?

— Je vais vous expliquer. Il me donnait des sous pour que je lui serve d'homme de paille parce que, dessous de table ou pas, les autorités ne pouvaient pas facilement fermer les yeux sur son passé.

— Jusque-là, je vous suis.

— Alors, il embauche comme gérant un homme qu'il croit blanc-bleu. Il faut encore qu'il casque mais le prix est dans des limites raisonnables. Seulement, le tarif monte lorsqu'on déterre mes antécédents. Oh ! Ma demande aurait pu être approuvée mais moyennant une somme beaucoup plus importante que mon bailleur de fonds ne l'avait prévu.

— Alors, qu'a-t-il fait... à part vous flanquer une gifle ?

— Il m'a dit, sans mâcher ses mots, que dans la mesure où il s'offrait un homme de paille, il préférait quelqu'un qui ait le nez propre. Il était plus facile et beaucoup moins onéreux de me laisser tomber et de déposer une nouvelle demande de licence sous un autre nom.

Le moment était venu d'abattre mon jeu :

— Savez-vous qui devait empocher le bakchich ?

— Le président de la commission municipale chargée d'étudier les demandes. Un dénommé Conklin.

— S'agit-il seulement d'une rumeur ou est-ce un fait avéré ?

— C'est le nom que m'a donné le flic à qui j'ai parlé. Il m'a dit que c'était Conklin qui faisait la pluie et le beau temps pour ça à la mairie. Et qu'il y avait aussi des policiers qu'il fallait arroser.

— Escoe ?

Il opina.

— Escoe est l'homme à qui on doit s'adresser dans ces cas-là. C'est comme ça depuis longtemps. Il y a toujours eu un policier de haut rang ouvert aux propositions. Pour le moment, c'est Escoe. S'il change de poste ou s'il se fait révoquer par une nouvelle municipalité, quelqu'un d'autre prendra le relais.

— Comment avez-vous pris contact ? On vous a fait signe après le dépôt de la demande d'autorisation ?

Il écrasa son mégot sous son talon après en avoir tiré une dernière bouffée.

— Si ma mémoire est bonne, mon commanditaire m'a donné un numéro de téléphone. J'ai appelé. Ça a été une de ces conversations où rien n'est dit ouvertement mais où chacun des deux interlocuteurs sait de quoi l'autre parle. Plus tard, j'ai rencontré l'intermédiaire.

— C'était un malfrat ?

— Non, un poulet. Comment c'était qu'il s'appelait déjà ? Attendez, ça va me revenir.

Il ferma les yeux et se massa le front. Pendant qu'il réfléchissait, je sortis une cigarette que je me mis à fumer nerveusement.

— Oui, ça y est, je me rappelle maintenant ! s'exclama-t-il soudain, la mine épanouie, en tendant la main vers mon paquet de pipes. Salter, c'était. Un grand costaud. Il avait même l'air d'avoir envie de cogner.

L'excitation faisait battre mon cœur à grands coups.

— Oui, ça ressemble au portrait de l'individu que j'ai eu l'occasion de rencontrer il y a peu de temps. Dans mon cas, il n'a pas pu résister à la tentation.

— Un type de ce genre ne devrait pas faire ce travail, déclara gravement Sandy. Si j'étais à la tête d'une grosse combine, moi, j'éviterais de me faire des ennemis sans nécessité. Il faut attirer la sympathie pour réussir dans les affaires. J'ai failli me plaindre de son attitude.

— Vous avez eu raison de ne pas donner suite. Je crois que ses employeurs ont décidé d'eux-mêmes de se débarrasser de lui. (J'aurais bien aimé noter quelques-uns de ces renseignements mais je ne voulais rien faire qui aurait pu rompre le charme. Il ne me resterait qu'à reconstituer les confidences de Sandy dès que j'aurai une machine à écrire sous la main.) Quel était exactement le marché ? Vous souvenez-vous des détails ?

— Et comment ! Ils voulaient dix mille dollars. Cinq tout de suite et le reste quand la commission de la police municipale remettrait ses conclusions au conseil.

— De cette façon, ils peuvent revenir sur l'accord

si jamais quelqu'un renâcle au moment de verser le solde ?

Sandy approuva du chef.

— Et c'est bien pour ça que mon patron était tellement furieux. Il avait déjà casqué les cinq mille premiers dollars lorsque la commission a découvert que j'avais été arrêté. La somme à payer pour fermer les yeux était de dix sacs de mieux. Mon sponsor ne voyait pas de raison de cracher vingt mille dollars alors qu'il pouvait trouver un autre prête-nom avec un casier vierge.

— J'imagine que nos amis de l'Hôtel de Ville n'ont pas été d'accord pour le laisser libre d'utiliser un autre homme de paille sans le mettre à l'amende ?

— Absolument. Ça lui a coûté cinq mille dollars. Ils ont simplement flanqué la demande d'autorisation au panier, ils lui en ont fait déposer une nouvelle et tout est reparti à zéro.

J'émis un léger sifflement.

— Je comprends maintenant pourquoi votre employeur n'était pas heureux.

— Ce n'étaient pas seulement les cinq mille dollars à passer aux pertes et profits qui lui restaient en travers du gosier. Ça voulait dire aussi un délai d'au moins un mois et plus probablement de six semaines avant qu'il puisse ouvrir son club. Ça l'embêtait autant que l'argent, et même plus.

— Comment a-t-il réagi ?

— Ça s'est soldé par trois côtes cassées et une commotion cérébrale. Mon séjour à l'hôpital m'a lessivé.

— Quels sont vos projets, maintenant ?

Il ramassa deux cailloux, les secoua dans la main comme des dés et les lança par-dessus la clôture du jardin mitoyen.

— Trouver un boulot... quand je me sentirai en état de travailler.

— Mais vous comptez rester à Atlanta ?

Il hocha la tête.

— C'est peut-être idiot mais j'ai l'impression d'être chez moi, ici. (Des grincements se firent soudain entendre dans la rue.) Et c'est pareil pour mon gamin. Il ne veut pas entendre parler de déménager.

Une petite carriole grinçante à moitié remplie de boîtes de conserve et de bouteilles consignées vides apparut à l'angle de la maison comme il disait ces mots. Le gosse qui la tirait avait les cheveux châtain clair de Sandy. Il était si efflanqué qu'on ne lui aurait pas donné plus de douze ans à tout casser mais en le regardant plus attentivement, j'eus la certitude, à en juger par la dureté de ses traits, qu'il en avait au moins quatorze.

— Johnny, viens dire bonjour à M... ?

— Whitfield... Bob Whitfield.

L'énoncé de mon nom ne fit pas s'allumer la moindre lueur dans les yeux de Sandy. Quand on n'a que la récupération de la ferraille comme moyen d'existence, on n'a pas de quoi acheter le journal.

— Ce n'est pas que je veuille vous mettre à la porte, monsieur Whitfield, mais je dois livrer toute cette camelote au centre de retraitement. Nous n'avons plus un fifrelin et il va falloir dîner, ce soir.

— Bien sûr. (Je sortis de mon portefeuille un billet de dix dollars que je lui tendis.) Je vous suis reconnaissant de votre aide. Si j'ai besoin d'un complément d'information ou si je veux raconter ce que vous m'avez dit à quelqu'un d'autre, est-ce que vous serez d'accord ?

Avec mes dix dollars dans la main, il ne pouvait pas dire non. Mais si je lui demandais de répéter son histoire au procureur fédéral, je ne savais pas trop combien de temps durerait notre convention.

19

Dans ma tête, c'était une bousculade de pensées qui attendaient que je les trie mais c'était l'heure du déjeuner et j'avais le ventre aussi vide que le sourire d'un marchand de voitures. Je n'étais pas loin du Mary Mac's Tearoom et j'eus la veine de trouver une place pour me garer à moins d'un bloc.

Ou il était encore un peu tôt, ou j'arrivai entre deux coups de feu car j'eus une table en l'espace de cinq minutes et on prit immédiatement ma commande. Mary Mac's est la providence des célibataires. On y sert des repas judicieusement équilibrés. Cela aide à compenser toutes les bouffes mexicaines, hot dogs et autres ratatouilles maison. Si Mary Mac's et deux autres restaurants de cuisine familiale de ma connaissance n'existaient pas, il y aurait des années que mes dents seraient tombées, la faute à la mauvaise alimentation. Mon seul regret était que ça ne marchait pas pour les cheveux.

Donc, j'avais trouvé mon oiseau rare. Peut-être parlerait-il au district attorney — à supposer que je parvienne à le convaincre d'avoir une entrevue avec lui —, peut-être pas. Et même s'il lui racontait la même histoire qu'à moi, où en serais-je exactement ?

Possible que Salter se soit sucré et qu'il ait mensongèrement prétendu travailler pour Escoe et Conklin. Et après ? Il n'est écrit nulle part que l'on est en droit de tabasser les flics pourris à mort. En ce qui concernait Escoe et Conklin, les exemples de poulets de bas étage qui s'en mettaient plein les poches et prétendaient mensongèrement travailler pour les gros bonnets ne manquaient pas. Oh ! bien sûr, une enquête approfondie pourrait mettre en lumière les liens qui les unissaient tous les trois. Mais il n'était guère vraissemblable pour qu'une seule conversation avec Camon incite le DA ou le FBI à foncer en brûlant tous les feux rouges. L'information les intéresserait mais ce serait à peu près tout. Et si j'allais moi-même les mettre au parfum, je serais sérieusement handicapé. Toutes les présomptions que j'apporterais seraient automatiquement sujettes à caution et il me faudrait des preuves en béton armé. Dieu seul savait lesquelles. J'avais entre les mains une pièce du puzzle mais ça n'allait pas plus loin. Je ne pouvais toujours compter que sur Foskey dans l'espoir qu'il dénicherait quelque chose de plus solide, un élément qui tiendrait la distance. Et je devais continuer de battre le pavé.

Je finis mon deuxième thé glacé sans avoir pris de décision sur la suite du programme. J'avais encore quelques noms sur ma liste mais j'avais aussi besoin de souffler un peu avant de repartir à la chasse aux patrons de boîtes, limonadiers et bistroquets. Il était temps de mettre Bloch au courant de ce que j'avais appris et de savoir s'il y avait du nouveau sur le front juridique.

Je réglai ma note et sortis. J'avisai un peu plus bas dans la rue une boutique agrémentée du panonceau indiquant qu'il y avait un téléphone public. L'appareil était installé dans un coin suffisamment écarté pour que la moitié du magasin ne soit pas suspendue à mes lèvres. J'eus presque tout de suite Bloch en ligne. Apparemment, il avait donné pour consigne à toutes les secrétaires de me placer dans la même catégorie que ses filles et ses clients les plus rupins.

— Où en est la bataille judiciaire ? lui demandai-je.

— Oh ! Nos adversaires ne désarment pas, monsieur Whitfield. Ils vont soumettre le dossier au grand jury la semaine prochaine.

— Je suppose que, là, nous ne pouvons rien faire ?

— Absolument. Les grands jurys entérinent presque invariablement les conclusions du district attorney. Il y a peut-être un petit espoir qu'ils ne retiennent pas l'assassinat de la fille parmi les chefs d'accusation. Si vous réussissez à démontrer de manière suffisamment convaincante qu'il aurait été contraire à votre propre intérêt de la tuer, il n'est pas exclu que les jurés abandonnent cette charge. Mais à condition que l'accusation fasse preuve de maladresse.

— Si je comprends bien le mécanisme de cette procédure, vous ne pourrez pas m'assister ?

— En effet. Vous ne pourrez compter que sur vous-même et vous aurez les mains à peu près liées. Une chose est sûre : ils feront tout pour que vous soyez inculpé des deux meurtres afin de disposer d'une certaine marge de manœuvre. Si vous l'êtes, ils me proposeront sans doute un arrangement si vous plaidez coupable. Ils me promettront de ne pas réclamer la peine de mort. Toutefois, comme la victime est un policier, ce n'est pas encore évident.

— Si j'étais assez bête pour me déclarer coupable d'un meurtre dans lequel je ne suis pour rien, vous pouvez être tranquille qu'ils ne rateront pas l'occasion.

— Tout cela, ce ne sont que des escarmouches puisque nous ne passerons pas d'accord. Mais il sera intéressant de savoir ce qu'ils ont en tête. Ce que vous avez pu découvrir au cours de votre enquête est d'une importance plus capitale pour votre affaire.

Je lui résumai la conversation que j'avais eue avec Camon. Bloch trouva que c'était du plus grand intérêt.

— Une telle déclaration viendra tout à fait à point, même si notre homme l'édulcore lorsqu'il comparaîtra. Si j'en crois le jeune David, il n'est pas toujours facile d'obtenir des renseignements portant atteinte à la réputation de la victime — les juges sont très chatouilleux là-dessus — mais une déposition comme celle-là tendra à démontrer que du fait de ses activités, Salter était en rapport avec des personnes qui avaient de bien meilleures raisons de l'assassiner qu'un journaliste sans travail. Tout ce que vous serez capable de découvrir qui soit de nature à confirmer le témoignage de Camon sera fort utile.

— Il ne prouve rien à l'encontre d'Escoe et de Conklin. Or, ce nouveau mobile, ce serait eux seuls qui l'auraient eu.

— C'est exact, monsieur Whitfield, mais le jury considérera qu'il y avait d'autres prévaricateurs que Salter, même si les noms d'Escoe et de Conklin ne sont pas prononcés. Ce ne sera peut-être pas facile mais je crois que nous pourrions solliciter le témoignage de M. Camon. Cela laissera des noms, celui d'Escoe en particulier, dans la tête des jurés.

— Quel est votre plan ?

Le soupir que poussa Bloch fut parfaitement audible.

— Nous allons devoir faire de vous l'homme attaqué le plus calamiteux que le monde ait connu depuis le regretté Job. Il ne peut y avoir qu'une explication aux persécutions dont vous êtes l'objet. Vous êtes une victime de la corruption et cela aiderait bien le jury d'avoir plusieurs noms à inscrire sur l'étiquette « méchants ». Et ils auront du même coup une théorie de rechange pour expliquer les meurtres. Des voleurs qui s'entre-tuent, c'est crédible.

— Eh bien, il faudra que ce jury-là soit plus intelligent que la plupart de ceux que j'ai vus à l'œuvre.

— J'espère que nous aurons beaucoup d'autres éléments d'appréciation à lui soumettre quand il aura à se prononcer. Ce n'est pas le moment de vous endormir, à présent.

Je lui relatai alors l'agression de la nuit.

— Et vous croyez que c'étaient des policiers ? me demanda-t-il.

— Oui mais c'est seulement mon instinct qui me le fait penser. Je suis incapable d'en apporter la preuve matérielle.

Nous convînmes de garder le contact. Quand j'eus raccroché, je remarquai le regard torve que me lança le patron de la boutique et je pris un paquet de cigarettes au distributeur, ce qui fit instantanément de moi pratiquement un client. Grâce à Sandy, j'avais déjà fumé le premier de la journée.

Je remontai dans la voiture, sortis une fois de plus mon calepin et décidai de rendre visite à un autre candidat malheureux à la licence. Celui-là habitait la banlieue sud, un peu avant l'aéroport. Manque de chance, il était parti sans laisser d'adresse.

Le suivant, c'était presque fatal, demeurait à

Doraville, au nord-est. Avec les travaux sur la voie express, il me fallut quarante minutes pour arriver à destination. Comme de juste, Ernest Wallis n'était pas chez lui mais sa femme me donna l'adresse de son lieu de travail.

C'était celle d'une concession de prêt-à-bouffer spécialisé dans l'œuf au plat gélatineux et la gauffre carton-pâte. Le seul consommateur était un vieux Noir en train de siroter une tasse de café. Partant de l'hypothèse que ce n'était pas sans raison, je commandai la même chose.

Le cuistot pesait facilement cent trente-cinq kilos mais il n'était pas encore assez gras pour avoir l'air d'un joyeux luron. La sagesse me soufflait de boire mon café et de m'éclipser sans tambour ni trompette mais c'était un de ces jours où j'ai le cerveau rétif.

— Vous êtes Ernest Wallis ?

Abandonnant le gril qu'il était en train de gratter, l'interpellé se retourna pesamment comme au ralenti.

— Hmm-hmm. Qu'est-ce que ça peut vous faire ?

Ses yeux m'embêtaient. Je ne les voyais pas. Ils étaient trop profondément enfoncés dans les plis de son visage boursouflé et leurs paupières préservaient jalousement leurs secrets. Mais je ne devinais que trop bien ce qu'on aurait pu y lire.

— Vous avez fait une demande de licence, il y a quelques semaines, n'est-ce pas ? lui demandai-je d'une voix qui manquait quelque peu d'assurance. Ça aurait été un grand changement de situation pour vous.

— Hmm-hmm.

Je toussotai et avalai une gorgée.

— Il est bon, votre café.

— Vous êtes bien aimable. Vous ne voulez pas goûter une de mes gauffres ?

— Non merci mais je suis sûr qu'elles doivent être excellentes.

— Hmm-hmm. Et vous savez quel est leur plus grand avantage ?

— Quoi donc ?

Il se pencha en avant jusqu'à ce que sa figure fût à quelques centimètres à peine de mon nez. Soudain, j'eus une vue imprenable sur ses yeux.

— On n'a pas besoin de dents pour les manger, fit-il d'une voix suave. Souvenez-vous-en, ça pourrait peut-être vous rendre service.

Je payai mon café sans commentaire et m'esquivai. Je laissai aussi un pourboire.

20

Il restait trois noms sur ma liste. Je passai le reste de l'après-midi à me mettre en quête des propriétaires des deux premiers mais j'en fus pour mes frais. Après mes petits succès initiaux, la chance semblait m'avoir abandonné et, finalement, je renonçai. Avant de rentrer je m'arrêtai chez Gigi's pour m'offrir une pizza et je bus deux bières au Harvest Moon Saloon, la porte à côté.

Une petite brise rafraîchissait la nuit printanière. L'air était limpide, tonique et, en d'autres circonstances, j'aurais téléphoné à une copine pour passer la soirée avec elle. Les choses étant ce qu'elles étaient, c'était hors de question mais je pouvais, au moins, savourer la douceur de la nuit.

Avant d'arriver à la maison, Peachtree Street fait un coude brutal. Ce fut ce qui me sauva. Au moment où j'allais aborder le virage, j'aperçus une lueur bleue qui scintillait à travers les arbres bourgeonnants et essayai de voir ce qui se passait mais les bâtiments qui faisaient l'angle me bloquaient la vue. En tout cas, il se passait quelque chose.

Je serrai le frein à main, coupai le moteur et éteignis les phares. Avant d'aller plus loin, je voulais savoir de quoi il retournait. Ma première idée fut de me faufiler entre les pavillons mais comme cette activité inhabituelle aurait sûrement alerté les voisins je jugeai préférable de ne pas quitter la rue. Elle était pleine de gens qui faisaient du jogging ou qui promenaient leurs chiens et la présence d'un simple passant n'avait rien que de naturel. Une ambulance ou une voiture de pompiers, c'est un spectacle passionnant qui attire immanquablement les foules.

Je tournai le coin en m'efforçant de rester autant que faire se pouvait dans l'ombre, le plus loin possible des réverbères. Quatre voitures de police stationnaient devant chez moi et il y en avait d'autres dans l'allée. Ce devait être un retardataire dont le gyrophare m'avait mis la puce à l'oreille en arrivant. Des curieux s'étaient massés sur le trottoir d'en face.

Que faire ? Continuer d'avancer innocemment d'un pas de flâneur et protester avec indignation quand on me passerait les menottes ? Finalement, je pourrai téléphoner à Bloch qui, peut-être, serait capable de me faire de nouveau relâcher. Peut-être... La seule explication qui me venait à l'esprit était qu'Escoe avait trouvé une raison pour que le juge rapporte l'ordonnance de mise en liberté provisoire. Peut-être que les hommes qui m'avaient attaqué la veille avaient à son instigation fait une déclaration sous serment comme quoi je les avais agressés. Ou que le reporter de la télévision avait porté plainte et qu'Escoe s'en était servi comme prétexte. Une fois sa décision prise, il n'avait pas eu de mal à lui trouver une justification.

Quelque chose me disait que si jamais j'échouais

de nouveau en prison, je n'en sortirais pas vivant. Il était si facile d'organiser un accident dans un lieu clos ! Et, bien entendu, si je tentais de m'évader, je ne ferais que jouer leur jeu.

Je songeai que le plus intelligent serait encore d'aller me réfugier quelques heures dans un bar tranquille pour réfléchir et je me préparais à retourner là où j'avais laissé la Nova quand une autre voiture négocia le tournant. J'essayai d'avoir l'air d'un type quelconque qui fait sa promenade digestive mais ça ne marcha pas une seconde.

Lorsque le faisceau des phares se braqua sur moi, j'eus le temps de me rendre compte que c'était un véhicule de la police. Je ne sais pas si ce fut l'instinct ou simplement la peur qu'ils envisagent non pas de m'arrêter mais de m'écraser purement et simplement qui me fit agir comme je le fis.

Je me mis à courir. Comme un dératé. Je quittai la rue et traversai un terrain vague tandis que derrière moi, des voix criaient :

— Halte ou je tire...

Je crus reconnaître celle de mon vieil ami le lieutenant Roxon mais, pour être franc, je n'y prêtais pas une attention extrême. Lorsque les détonations claquèrent, j'avais sauté par-dessus un terre-plein bordant un petit bois touffu dont les taillis providentiels compliquaient la tâche des tireurs. Je galopai comme une gazelle, tantôt franchissant d'un bond un buisson, tantôt plongeant au milieu des hautes herbes. Mais des éboulis ralentirent ma progression, ce qui m'évita probablement de me fouler une cheville et de me faire capturer.

Je dévalai la pente en direction de la rivière Peachtree. Là, le sous-bois était plus épais. J'étais certain qu'une douzaine de flics, sinon plus, me talonnaient. Plus j'approchais de la rivière, plus le terrain était accidenté.

Je l'atteignis enfin. Depuis un mois, il n'avait pour ainsi dire pas plu et elle était presque à sec. De l'autre côté, à une trentaine de mètres, il y avait encore une zone de broussailles au-delà de laquelle se dressaient les bâtiments bordant Peachtree Street. Bien que j'eusse de l'avance sur mes poursuivants, j'étais bien incapable de savoir de quel répit je disposais. Si j'avais eu assez de temps, j'aurais suivi la rive et regagné la rue en passant par-derrière. Mais comment savoir si cette retraite était déjà coupée ou pas ?

Aussi, je remontai le bas de mon pantalon et entrai dans la rivière. L'eau ne m'arrivait qu'aux genoux mais le courant était rapide et je n'ignorais pas que, même à la période sèche, il y avait des trous profonds d'un mètre cinquante. Dans le noir, il n'était pas commode de me repérer tout en me dépêchant. Pourtant, il fallait que je me grouille car si les policiers arrivaient à la rivière, pataugeant dans l'eau, je serais une cible parfaite. Ce que je ferai une fois de l'autre côté, Dieu seul le savait.

J'avais presque atteint la berge opposée quand des cris parvinrent à mes oreilles. Mais ils ne s'adressaient pas à moi : c'étaient des cris d'avertissement. Plus de sommations, maintenant : j'avais dépassé le point de non-retour. La saison de la chasse aux ex-reporters était ouverte.

A l'instant où je tendais les mains vers le talus, des coups de feu retentirent. Deux balles passèrent à quelques centimètres de moi et labourèrent la boue. Je m'aidai d'un buisson qui se trouvait providentiellement là, je me hissai sur la terre ferme et m'enfonçai dans le petit boqueteau.

Quelques instants plus tard, j'émergeai dans le parking d'un immeuble de bureaux de Peachtree Street. Il était désert. Je le traversai au pas de course. Maintenant, c'était au tour des flics que j'avais aux trousses de patauger dans la rivière. Il y eut un juron suivi d'un appel à l'aide. Apparemment, l'un d'eux était tombé dans un trou et le courant l'emportait.

Les policiers avaient cessé le feu et ils ne se remettraient pas à tirailler avant d'avoir franchi la rivière et repris la poursuite dans l'environnement urbain qui leur était beaucoup plus familier.

Une fois dans la rue, je me trouvai en face d'un grave dilemme. Même après avoir rebaissé mes jambes de pantalon, je serai visible comme le nez au milieu de la figure dès que la police aurait la brillante idée d'envoyer quelques voitures à l'angle de Peachtree Street. Je venais de prendre la décision de traverser et de gagner la voie de chemin de fer en contrebas dans l'espoir de déjouer mes poursuivants quand la chance me sourit enfin pour la première fois depuis Dieu sait combien d'heures.

Le hasard avait voulu que je me trouve devant un arrêt d'autocar et un bus Marta dont le conducteur crut que je l'attendais s'arrêta. Mon hésitation fut brève. Je grimpai, glissai un *quarter* dans la fente *ad hoc* et m'assis au milieu de la voiture. Le bus redémarra. Je me retournai juste à temps pour apercevoir des flics trempés surgir de l'autre côté de la rue.

Le bus traversa le carrefour de Peachtree Street. Juste derrière lui, plusieurs voitures de police s'engagèrent en trombe, hurlant de toutes leurs sirènes, dans ma rue. Je respirai plusieurs fois à fond. Je mourais d'envie d'en griller une mais le chauffeur me donnait l'impression d'être du genre à faire respecter de façon draconienne la pancarte « interdit de fumer ».

D'ailleurs, c'aurait été me rendre coupable d'une infraction au règlement.

21

Les voitures de police allaient toutes dans la direction opposée mais je ne pouvais pas me permettre de rester longtemps dans l'autobus. Tôt ou tard, l'idée de vérifier les véhicules de transport public viendrait à l'esprit d'un flic et comme les bus étaient tous équipés en cibi, je risquais d'avoir de sérieux ennuis dans les plus brefs délais. Aussi descendis-je au bout d'un kilomètre et demi environ à l'arrêt de Buckhead, le quartier des affaires.

Il y avait un monde fou à l'Animal Crackers Disco. Je songeai un instant à en pousser la porte mais me ravisai. Les policiers étaient des clients assidus des parcs d'attractions quand ils quittaient leur service et si jamais l'un d'eux avait son walkie-talkie sur lui, je ne tarderais pas à me faire épingler.

Je remarquai un peu plus haut une banque. Si je devais disparaître de la circulation, j'aurais besoin d'argent, du plus d'argent possible. Mon compte allait être gelé avant longtemps et mieux valait ne pas essayer de retirer des espèces ou de tirer des chèques : la police n'attendrait que ça pour fondre sur moi.

Pressant le pas, je me dirigeai vers le distributeur

automatique de billets, glissai ma carte de crédit dans la fente et actionnai l'appareil jusqu'à ce qu'il cesse de me prêter attention. A ce moment-là, il avait craché 150 dollars. Ce n'était pas le Pérou mais j'aurai de quoi tenir quelques jours.

Continuer de déambuler dans Peachtree Street était trop dangereux et je tournai dans Pharr Road. Je connaissais une personne qui habitait cette rue. J'étais en train de me poser la question de savoir si je pouvais ou non courir le risque de prendre contact avec elle quand j'aperçus la lueur bleue du gyrophare d'une voiture de patrouille qui, remontant Peachtree, passait devant le carrefour. Il n'en fallut pas plus pour me décider. Quels que soient les risques, je ne pouvais pas traîner plus longtemps dans les rues.

— Oh ! Bonsoir, fit Sharon Wellman en m'ouvrant. Entre, Bob.

D'après son expression, il était visible qu'elle ignorait que j'étais recherché par la police. J'obéis à l'invite en me demandant jusqu'à quel point je pouvais être franc avec elle. Nous avions fait une fois équipe tous les deux à l'occasion d'un reportage. En fait, je crois qu'on pourrait dire que je lui avais sauvé la vie en cette occasion bien qu'elle semblât avoir tout oublié de cette péripétie. Non, pour Sharon, tout confrère était systématiquement un rival. Elle était dévorée d'ambition comme c'est aujourd'hui le cas de tant de gens qui sortent des écoles de journalisme, ce qui ne laissait qu'une marge étroite à l'amitié bien que j'eusse de temps en temps le sentiment qu'elle aurait aimé que nos rapports se situent à un niveau plus personnel.

— J'avais l'intention de t'appeler, Bob, fit-elle, mais je n'ai pas eu un instant à moi. C'est la galère, au canard, ces temps-ci.

— Bien sûr, je comprends. Inutile de t'excuser.
Elle me sourit — c'était un événement rare — et je songeai une fois de plus qu'elle serait ravissante si elle portait les cheveux un peu plus longs.

— Tu veux boire quelque chose ?

— Avec joie. Un bourbon à l'eau avec surtout du premier.

Je la suivis dans la kitchenette. Elle était faite au moule. Pourquoi ne l'avais-je jamais draguée ? Peut-être parce que les jeunes femmes ambitieuses me faisaient affreusement peur. Je ne pensais pas que c'était le cas mais les hommes capables de sonder vraiment leur âme ne sont pas légion. Elle me tendit un verre auquel je fis une sérieuse ponction. Mon âme, je m'en occuperai plus tard. Pour le moment, la priorité des priorités était de sauver ma peau.

— Tu as eu une semaine de congé, dit Sharon tandis que nous revenions dans le living.

Je souris poliment pour lui montrer que j'appréciais l'humour forcé de la remarque et pris la décision de lui exposer ma situation sans fard. C'était pour moi une question de loyauté.

— Je t'avouerai que la soirée d'aujourd'hui n'a rien arrangé.

— Que veux-tu dire ?

— La mesure de liberté provisoire dont je bénéficiais a été rapportée ou je ne sais quoi. Quand j'ai voulu rentrer chez moi tout à l'heure, une armée de flics m'attendait. (Je repris une gorgée de bourbon.) Pour être tout à fait franc, tu es probablement en compagnie d'un homme recherché par la police.

— Et à quoi dois-je le plaisir de ta visite ?

Son visage était totalement dépourvu d'expression.

— C'est tout simple. Je traînais dans les rues et je me serais fatalement fait capturer à un moment donné. Comme je me trouvais près de chez toi, j'ai estimé qu'il fallait prendre le risque. Je n'aurais peut-être pas dû.

Elle ne savait manifestement pas quoi faire : elle était tiraillée entre trois loyautés. Il y avait moi en tant qu'individu, il y avait l'article qu'elle pourrait tirer de tout ce gâchis et il y avait sa responsabilité civique. Mais je ne saurai jamais ce qu'elle aurait décidé d'elle-même car le téléphone sonna avant qu'elle ait eu le temps de répondre.

D'après les quelques mots qu'elle prononça, je compris que c'était le journal qui l'appelait. Ma fuite était apparemment un événement assez énorme pour qu'on rameute tous les reporters qui n'étaient pas de service.

— Maintenant, je suis dans le coup, fit-elle après avoir raccroché.

— C'est ce que j'ai cru comprendre. Où dois-tu aller ? Au Q.G. de la police ?

— Non, répondit-elle d'une voix calme. J'ai pour mission de me mettre à ta recherche.

— A ma recherche ? Mais pourquoi ?

Elle se rassit, prit son verre mais le reposa sans même y avoir trempé les lèvres ?

— Le chef de rubrique estime que je te connais mieux que la plupart des gens de la rédaction et il pense que j'aurais peut-être une idée de l'endroit où tu te caches.

— Je serais tenté de dire que c'est absurde mais étant donné les circonstances, ce n'est pas possible. Et qu'est-ce qu'il veut que tu fasses ?

Elle haussa les épaules.

— Cuisiner tes amis les plus proches, jeter un coup d'œil dans tes bars favoris... tu connais la routine, hein ?

— Tu veux que je te donne un coup de main ?

— Ce n'est pas drôle, tu sais.

— Non, tu as raison. Pas drôle du tout.

— Tu me places dans une situation extrêmement embarrassante. En ne lui disant rien, j'ai menti au patron.

— Je doute que ce péché bénin t'ouvre toutes grandes les portes de l'enfer mais je comprends que tu souhaites me voir déguerpir. Cela suffira-t-il à apaiser ta conscience ?

— N'essaie pas de te décharger de ta responsabilité sur moi, rétorqua-t-elle sur un ton hargneux. En ne téléphonant pas immédiatement à la police, je me rends coupable de recel de malfaiteur.

Je posai mon verre et me levai.

— Vas-y, décroche. On verra jusqu'où je pourrai aller avant qu'ils ne m'épinglent.

— Oh ! Assieds-toi, veux-tu ? s'exclama-t-elle avec exaspération. Ils te repéreraient en quelques minutes, tu tenterais sans doute de t'échapper encore et ils te feraient sauter la cervelle. Maintenant, laisse-moi réfléchir, s'il te plaît. (Quelques secondes s'écoulèrent et elle reprit ;) Tu ne peux pas rester ici. Je serais obligée de sortir un plein wagon de mensonges et si tu étais arrêté chez moi, et même si on ne me fourre pas en prison comme complice, je pourrais dire adieu au *Daily News.*

— Je comprends ton problème. (C'était la stricte vérité.) Mais, comme tu le disais toi-même, le quartier grouille de flics. Serait-il possible que tu me déposes quelque part ? (Comme elle paraissait hésitante, j'insistai un peu :) Il ne devrait pas y avoir de barrages ni de contrôles. Je m'allongerai sur la banquette arrière et une fois que nous ne serons plus dans le secteur, je descendrai et tu seras débarrassée de moi.

— Mais si jamais...

— Si jamais la police nous arrête quand même ? Eh bien, nous dirons que je t'ai tout raconté et que j'ai décidé de me constituer prisonnier.

— D'accord, dit-elle enfin. On marche comme ça.

Dans l'ascenseur, je m'efforçai d'imaginer ce que j'allais bien pouvoir faire ensuite. Allez chez Foskey ? Mais sa logeuse, sachant que je connaissais ses horaires de travail aurait probablement la puce à l'oreille. Et puis, Foskey avait plus à perdre que quiconque s'il était établi qu'il était de mèche avec moi.

Sharon avait changé de voiture depuis la dernière fois qu'elle m'avait fait un brin de conduite. La nouvelle faisait partie de la réponse de l'Amérique aux importations japonaises et j'avais à peine assez de place à l'arrière pour passer inaperçu.

— Bon. Où va-t-on ?

— Tu redescends Pharr Road, tu traverses Peachtree direction Piedmont, tu tournes à droite et tu me craches en ville.

Elle se retourna.

— J'aurais cru que tu voulais plutôt sortir de la ville.

— Disons que c'est mon masochisme qui parle.

En réalité, mon intention était de rester à proximité de chez Foskey. J'avais vaguement l'idée de prendre une chambre dans un motel bon marché dans le coin. Et puis, je me rappelai subitement que j'en avais déjà retenu une au Liberty. A première vue, cela paraissait démentiel. Mais qui s'attendrait à me retrouver au Liberty ? Autre avantage : ça m'évitait de m'inscrire dans un hôtel dont les employés étaient alertés et où la police à la recherche du fugitif que j'étais pouvait venir vérifier les registres. Tant que je n'approcherai pas du Valhalla, personne ne me reconnaîtrait. Et je passerai discrètement voir Foskey le lendemain matin.

Nous étions à présent dans Piedmont Street. Je dis à Sharon de tourner dans la 10e Rue jusqu'à Juniper et de s'engager dans Ponce de Leon Avenue. Mais je n'ouvris pas la bouche quand nous passâmes devant le Liberty. Si jamais elle était brusquement prise d'une crise de civisme aiguë, je ne voulais pas qu'elle détienne des informations précises qui lui pèseraient sur la conscience.

— Et maintenant, que comptes-tu faire, Bob ?

— J'essaye toujours de découvrir qui a assassiné ce couple. Quelqu'un doit le savoir. La police, elle, ne bougera pas le petit doigt. Je fais un meurtrier tout à fait satisfaisant pour les flics.

Nous arrivions à Highland Avenue et je dis à Sharon de s'arrêter au parking du Plaza Drugstore. C'était un endroit aussi valable qu'un autre pour descendre.

— Pourquoi ne te constitues-tu pas prisonnier. En fuyant, tu ne fais qu'aggraver ton cas.

— Je ne vois pas comment il pourrait être plus grave qu'il ne l'est déjà.

— Tu risques de te faire abattre dans cette chasse à l'homme.

J'acquiesçai.

— C'est ma préoccupation numéro un. Mais si jamais ils m'incarcèrent, je ne serai plus vivant pour assister au procès.

— Ne sois pas aussi mélodramatique, je t'en prie ! fit-elle avec exaspération. Je te trouve grotesque.

— Je m'en fous. Ma mort réglerait les problèmes de ces messieurs.

— Eh bien, je te souhaite bonne chance. Mais je doute que tu puisses compter sur la chance pour t'en sortir.

Je me glissai hors de la voiture que je suivis des yeux tandis qu'elle s'éloignait. J'aurais bien voulu être plus confiant que Sharon. Mais je ne pouvais même pas me bluffer moi-même.

22

J'eus un instant la tentation d'entrer au Plaza boire un café mais il était fréquent que les policiers qui faisaient leur ronde viennent souffler un peu dans le drugstore ouvert toute la nuit. Tous les flics de la ville devaient être alertés et avoir mon signalement.

Je fis donc demi-tour et remontai Ponce de Leon. Rien que des restaurants et des boutiques fermés. Comme les phares des voitures qui m'éclairaient me rendaient nerveux, je changeai de trottoir pour marcher dans le sens de la circulation. Il faisait frais pour une nuit de printemps mais c'était peut-être la situation dans laquelle je me débattais qui me donnait des frissons.

Je traversai de nouveau et entrai dans l'hôtel d'un pas nonchalant. Personne ne parut s'intéresser particulièrement à moi tandis que je franchissais le hall pour prendre l'ascenseur, une antiquité grinçante et ferraillante qui me hissa au troisième avec une sage lenteur. Enfin, je poussai la porte de ma chambre.

Je devais avoir les nerfs encore plus tendus que je ne le croyais car je n'eus soudain plus qu'une seule envie : me jeter sur le lit, fermer les yeux et reprendre mon souffle.

Maintenant que j'étais là, je n'avais qu'une chose à faire : me reposer. Me balader où bon me semblait dans les rues d'Atlanta et questionner ouvertement les gens m'étant pour le moment interdit, il était très improbable que mes investigations aient quelque chance d'aboutir. Et pourtant, il fallait à tout prix que j'obtienne des résultats.

Le grincement presque inaudible de la serrure fut le seul avertissement. J'eus tout juste le temps de tourner la tête pour voir la porte s'ouvrir brutalement et un individu faire irruption. Il était déjà au milieu de la chambre, pointant son pistolet sur mon estomac, avant que j'aie pu faire autre chose que de me dresser sur un coude.

— Reste comme ça, Whitfield. Bouge pas.

— C'est une position tout à fait confortable, merci. (Ma boutade ne lui arracha même pas un sourire. J'enchaînai :) Je croyais pourtant avoir bien précisé à la réception que je voulais une chambre pour une seule personne.

— Tu te crois très malin, hein ? fit l'intrus sans une ombre d'émotion dans la voix. Pourtant, le seul fait que tu aies mis les pieds dans cet hôtel est la preuve que tu es complètement branque.

— Je pensais que ce serait le dernier endroit où on aurait l'idée de venir me chercher. Apparemment, je me suis trompé.

— Je ne te cherchais pas mais j'ai l'impression que, maintenant, on est inséparables.

— Ce sont peut-être des heures supplémentaires que vous faites mais vos employeurs seront enchantés quand vous me ramènerez.

Il recula de quelques pas.

— Allez, debout ! m'ordonna-t-il en agitant son arme.

Quand nous fûmes arrivés à la porte, il me fit signe de ne pas bouger et jeta un coup d'œil dans le couloir pour s'assurer qu'il était désert. Sur le moment, je fus surpris mais je compris très vite que s'ils voulaient me tuer lors de ma prétendue capture, il fallait d'abord organiser la mise en scène. Et attirer l'attention sur l'hôtel était la dernière chose à faire.

Au lieu de me pousser vers l'ascenseur, le type m'obligea à me diriger du côté opposé vers un panneau lumineux indiquant la sortie de secours. L'objectif était visiblement de m'évacuer sans qu'aucun client ne remarque rien. C'était du travail joliment peaufiné. Je m'étais inscrit sous un nom d'emprunt et rien ne permettrait d'établir un rapport entre moi et le Liberty en dehors d'une valise contenant des vêtements usagés dont il serait facile de se débarrasser.

Si je devais prendre une initiative pour renverser la situation, c'était maintenant, avant que mon taciturne ami ait trouvé des renforts pour lui prêter main-forte et en l'absence de tout éventuel témoin.

La porte pare-feu réglementaire était lourde mais elle était munie d'un système de fermeture accélérée. A peine en eus-je franchi le seuil que je pivotai sur moi-même et la repoussai de toutes mes forces sur mon ravisseur. J'avais espéré coincer la main qui tenait l'automatique mais c'était un rapide et il avait déjà le buste engagé quand elle se rabattit, l'emprisonnant seulement à mi-corps. Il tenta de me choper d'un moulinet de son arme mais le coup que je parai de l'avant-bras manquait de vigueur. Le choc lui avait coupé la respiration. Cela dit, je ne pouvais pas le garder paralysé comme ça éternellement et j'avais beau m'arc-bouter, il ne s'en portait pas tellement plus mal. Une idée lumineuse, jaillie de je ne sais où, me vint alors à l'esprit : pourquoi ne pas renouveler l'exploit qui avait si bien réussi ? Aussitôt dit, aussitôt fait. Cette fois, quand le massif battant se rabattit, il le prit en plein front.

J'allongeai avec précaution le corps inerte par terre dans le couloir et m'appropriai l'automatique que je glissai dans la ceinture de mon pantalon. Ma veste le dissimulerait. Deux étages plus bas, je songeai que j'aurais dû fouiller ma victime pour jeter un coup d'œil sur ses papiers mais je n'avais aucune envie de remonter dans le seul but de tenir mon fichier nominatif à jour. Je lirai probablement son nom dans le journal du lendemain si je n'étais pas capturé d'ici là. On ne manquerait pas, en effet, d'exploiter ce dernier épisode pour montrer au bon peuple quel individu dangereux j'étais. Plus besoin, à présent, de taire que j'avais cherché refuge au Liberty puisque je n'avais été ni enlevé ni tué.

Une autre question me traversa l'esprit avant que j'eusse atteint l'étage d'en dessous : où aller ? Dès que le type que j'avais mis hors de combat se réveillerait, il sonnerait l'alerte et la police passerait au peigne fin tous les hôtels, tous les motels dans un rayon qu'un homme à pied était capable de couvrir. Essayer de sauter dans un taxi ? Le Liberty était un établissement trop modeste pour qu'il y en ait à demeure devant ses portes et je n'avais pas le temps d'en appeler un par téléphone. D'autant que mon signalement devait désormais être en possession de tous les chauffeurs : il suffirait que celui qui m'aurait chargé me jette un coup d'œil pour qu'il prenne aussitôt la direction du commissariat le plus proche.

Déambuler dans les rues n'était pas une meilleure solution. N'importe comment, à cette heure et dans ce quartier, les flics qui patrouillaient détaillaient avec attention les piétons qu'ils croisaient et le risque de me faire interpeller maintenant que je faisais l'objet d'un avis de recherche était beaucoup trop grand.

Il ne me restait plus qu'une possibilité. Elle avait nom Foskey. Ça ne me plaisait pas du tout mais je n'avais pas d'autre choix. Le tout était de pouvoir me glisser à l'intérieur du Valhalla, qui devait être plein comme un œuf à cette heure-ci, sans me faire remarquer, et je n'aurais plus qu'à lui demander qu'il me prête sa voiture. Alors, j'aurais une chance de mettre le plus de distance possible entre Escoe et moi. On verrait plus tard quand je ne serais plus dans le territoire placé sous sa juridiction comment faire pour résoudre l'énigme du double meurtre. Chaque chose en son temps, et, d'abord, parer au plus pressé.

J'arrivai en bas de l'escalier. Personne ne me vit pousser la porte de la sortie de secours. Ainsi que je l'espérais, il n'y avait pour ainsi dire plus une place de libre sur le parking. Surtout, ne pas rester planté là au risque soit de me faire repérer par l'adversaire, soit de me faire attaquer par un banal rôdeur.

Heureusement, il faisait sombre dans la boîte ; les lumières déjà faibles étaient encore tamisées par un épais nuage de fumée de cigarettes. Le bruit qui régnait était plus assourdissant, même, que lors de la nuit fatale.

Quand vous entrez dans un bar, rien n'est plus propre à attirer l'attention sur vous dans les plus brefs délais que d'inspecter les lieux, debout sur le pas de la porte. Les gens vous examinent attentivement rien que pour savoir si, par hasard, ils ne vous connaissent pas, dans l'espoir de voir surgir un ami — ou avec circonspection, des fois que vous seriez un voisin ou un copain à qui bobonne a demandé de vous ramener à la maison. Il y a le type qui est dans ses petits souliers parce qu'il est avec une fille et qu'il se demande avec inquiétude si vous n'êtes pas son jules en titre. Dans les recoins les plus obscurs, des drogués en manque font des vœux pour que vous soyez le dealer qu'ils attendent tandis que d'autres, chargés ceux-là, vous détaillent sous toutes les coutures, prêts à se débarrasser en catastrophe de leur réserve de came au cas où vous seriez un agent de la brigade des stups.

Moi ? J'avais seulement besoin de voir un instant le barman. Aussi, je plongeai au cœur de la cohue comme un soiffard dont le seul désir est de se lubrifier le gosier.

Mais parvenir jusqu'au comptoir n'était pas chose simple car les hôtesses somnambuliques qui allaient de table en table envoyaient des délégués avec mission d'aller chercher les commandes. Finalement, le gars qui faisait la queue devant moi s'éloigna en cahotant avec son butin : trois bières, deux whiskies et un gin fizz. Il me loupa avec la bière mais pas avec le gin fizz qui laissa une traînée rougeâtre sur ma manche quand je passai devant lui pour prendre sa place.

Je jetai un coup d'œil anxieux à la ronde pour voir si tel ou tel des visages n'appartenait pas à un des séides d'Escoe dont j'aurais pu croiser le chemin. Je ne reconnus personne mais il était difficile d'être absolument catégorique dans l'obscurité ambiante. Ma seule consolation était de me dire que si j'avais du mal à distinguer les visages en dépit de mes efforts, il serait deux fois plus coton de me repérer pour quelqu'un qui s'étonnerait de ma présence.

Foskey était en train de remplir un pichet à la tireuse. Un second barman l'aidait mais il paraissait s'occuper d'une autre partie du bar. Quand le pichet fut plein, Foskey l'apporta à un client et repartit avec une nouvelle commande sans que j'aie pu lui faire signe. J'étais perdu dans la foule de braillards qui attendaient de se faire servir mais, au moins, ma chance m'avait conduit à la section du comptoir qui lui était dévolue, c'était déjà ça. Tout le monde se penchait en avant, les bras tendus comme des fidèles avides de consommer une insolite communion.

Avant que j'eusse réussi à capter l'attention de Foskey, l'hôtesse strip-teaseuse grassouillette qui, la dernière fois, avait prévenu Connie que c'était son tour de monter sur le podium, fit son apparition derrière le bar. Elle m'avait bien regardé, ce soir-là, et après tous les événements qui s'étaient déroulés depuis, elle pouvait me reconnaître. J'enfonçai le menton dans ma poitrine et cessai instantanément de sémaphorer. La fille s'occupa à remplir des pichets et les verres qui lui avaient été commandés. Quand elle en eut terminé, elle prit son plateau et regagna la salle.

Enfin, Foskey s'approcha pour s'enquérir des désirs de mon voisin et lorsqu'il revint pour apporter son verre, je l'empoignai par le bras. A ma vue, il ouvrit la bouche toute grande. Un peu plus, et il s'évanouissait. Mais il reprit rapidement son sang-froid :

— Et pour monsieur, qu'est-ce que ce sera ?

Il grinçait des dents et son coup d'œil aigu me signifiait clairement qu'il ne voulait pas avoir affaire à moi.

— Un bourbon à l'eau, m'égosillai-je. (Et j'ajoutai deux tons plus bas :) Tes clés de voiture.

Quand il revint avec mon bourbon, il se fouilla ct me glissa les clés dans la main en même temps que le verre. Je lui tendis un billet de cinq dollars et murmurai :

— Je n'avais pas d'autre choix.

Il se dirigea vers la caisse enregistreuse sans me laisser le temps d'en dire davantage. Je le vis griffonner sur un bout de papier qu'il camoufla sous les billets qui me revenaient et, m'ayant rendu la monnaie, s'empressa de dégager. Il ne tenait manifestement pas à prolonger la conversation.

L'ayant commandé, payé et, ce qui était encore plus important, ayant le plus grand besoin d'un remontant, je portai mon verre à mes lèvres tout en fourrant le reste de mes cinq dollars dans ma poche. Mais pas le bout de papier. Je lus ce qu'il y avait marqué dessus : *Chev. bleue BTY 768* et en fis une boulette qui suivit le même chemin que la monnaie que m'avait rendue Foskey avant d'avaler en vitesse le reste de mon bourbon.

Il était presque aussi difficile de se décoller du bar que d'y arriver. J'y parvins finalement et commençai à me frayer mon chemin dans la foule en direction de la sortie. Ce fut le moment où ma chance m'abandonna : je tombai sur l'hôtesse que j'avais espéré éviter. Elle s'écarta pour me laisser passer mais ses yeux vides s'éclairèrent brusquement à ma vue et elle s'exclama :

— Qu'est-ce que vous faites là ?

— La même chose que tout le monde, répondis-je dans l'espoir de la convaincre qu'elle faisait erreur sur la personne. Vous devez me confondre avec quelqu'un d'autre, mon petit.

Et sans plus attendre, je replongeai dans la cohue en faisant des vœux pour que le doute que j'avais semé en elle lui fît se creuser la tête assez longtemps pour me permettre de déguerpir. Mais quand je me retournai, elle était en train de parler à un type au gabarit impressionnant en me montrant du doigt. Une bagarre avec un videur... il ne me manquait plus que ça !

Aussitôt dehors, je me mis à la recherche de l'auto de Foskey mais dans le noir, presque toutes les voitures qui s'entassaient dans le parking avaient l'air d'être bleues et déchiffrer les plaques d'immatriculation n'était pas une partie de plaisir. Si seulement Foskey avait eu l'idée de préciser le modèle et l'année de sortie de sa caisse !

A un moment donné, comme je tournai la tête, je vis émerger du Valhalla le videur accompagné d'un de ses collègues. Je me pliai en deux entre deux rangées de voitures et continuai mon exploration.

BTY 768. Victoire... je l'avais trouvée ! mais au même moment un cri retentit derrière moi.

— Il est là !

Ils étaient à moins de quinze mètres. Je bondis de l'autre côté de la Chevrolet, sortis la clé de ma poche et ouvris la portière mais je n'eus pas le temps de monter. J'étais fait comme un rat. Le videur me tira en arrière. J'empoignai une des mains qui m'agrippait pour tenter de lui faire faire un soleil grâce à une prise de judo élémentaire que j'avais vu exécuter je ne sais combien de fois à la télé. Malheureusement, on n'était pas à la télé ni lui ni moi. Quand je fis levier sur son bras passé derrière mon épaule, le reste du corps ne suivit pas. Au contraire, il profita de sa position pour effectuer un étranglement. Il me serra le kiki jusqu'à ce que je cesse de me débattre. L'invincible champion du parking du Valhalla avait trouvé son maître.

— Du calme, mon vieux, me murmura-t-il à

l'oreille. On va y retourner ensemble. Si tu es gentil, je te laisserai respirer un coup de temps en temps.

Avec son avant-bras sous mon menton, je n'étais pas en situation de discuter du bien-fondé de sa suggestion. Mais au lieu de me ramener au bar, lui et son copain me conduisirent jusqu'à une porte latérale. Ils frappèrent jusqu'à ce qu'elle s'ouvrît. Ce fut ainsi que je me retrouvai propulsé à l'intérieur de ce qui était apparemment les bureaux de la boîte. Deux hommes étaient là, un chauve d'un certain âge et un autre gros bras plus jeune.

— Dépêche-toi d'appeler du monde, Miller, dit le videur au premier. C'est Whitfield. Il sort du club.

On aurait dit que le nommé Miller avait posé le pied sur un serpent à deux têtes. Il empoigna le téléphone et commença à composer un numéro. Le videur me poussa dans un coin de la pièce dont l'élément remarquable était un antique radiateur, sortit de sa poche une paire de menottes, passa l'un des bracelets autour d'un tuyau et referma l'autre sur mon poignet gauche. J'étais à moitié plié en deux.

— Vous ne pourriez pas me donner un siège ? demandai-je.

Il émit un vague grognement et, du pied, fit glisser une chaise de bois vers moi. Je m'assis pour attendre l'arrivée de la personne que le gérant était en train d'appeler.

J'avais déjà une petite idée de l'identité de son correspondant.

23

Tout le monde resta dix minutes à se regarder en chien de faïence sans ouvrir la bouche. Quand, finalement, un coup fut frappé à la porte, nous sursautâmes tous. Miller, un Miller manifestement soulagé de ne pas avoir à assumer seul la responsabilité de mon sort, alla ouvrir.

C'était le lieutenant Roxon, mon vieil adversaire qui avait un faible si prononcé pour les coups de téléphone anonymes. Lors de nos précédentes rencontres, il ne m'avait jamais fait l'effet d'appartenir à la catégorie des gais lurons — il avait toujours l'air d'avoir avalé quelque chose de nauséabond — mais quand il me vit enchaîné au radiateur, son visage s'illumina. On aurait dit un petit garçon qui découvre une bicyclette sous l'arbre de Noël.

— Eh bien, eh bien, en voilà une bonne surprise ! (Il se retourna le temps de faire signe aux autres de disparaître.) Pas un mot à personne, hein ? Je ne veux pas qu'on commence à raconter que Whitfield a été épinglé au Valhalla tant qu'il n'aura pas été décidé de l'annoncer publiquement. C'est bien compris ?

Ils opinèrent tous. Tout en prenant la porte, ils lui

jurèrent qu'ils seraient muets comme des tombes mais je ne crois pas que Roxon entendit leurs assurances car il se concentrait totalement sur moi, à présent, et son expression était celle de l'allégresse la plus pure.

— Et puis vous étiez si drôle. Spirituel comme tout.

— Et beau, n'oubliez pas.

— Si vous voulez que je vous dise, si spirituel que vous soyez, vos bons mots ont moins de mordant depuis que vous êtes attaché à ce fichu radiateur. Il est difficile de prendre vos sarcasmes au sérieux dans ces conditions.

— Vous avez peut-être besoin de quelqu'un pour vous les expliquer, c'est tout.

Du coup, son sourire perdit un peu de son éclat. C'était peut-être idiot de faire des pieds et des mains pour le prendre à rebrousse-poil mais, en tout état de cause, je doutais d'avoir l'ombre d'une chance de me mettre dans ses bonnes grâces en m'aplatissant. Et puis, l'ennemi qui suffoque de colère peut parfois commettre des erreurs susceptibles d'être exploitées.

— Je vous tiens dans le creux de ma main, Whitfield. Désormais, vous n'aurez plus d'endroit où vous cacher.

Je secouai la chaîne des menottes.

— Ben voyons ! Vous n'attendez plus qu'une seule chose : que quelqu'un tienne mon autre main. Alors, vous vous sentirez suffisamment en sécurité pour vous défouler.

— Je ne sais pas si nous aurons l'occasion de vous travailler au corps. (Il s'assit dans un fauteuil, se laissa aller contre le dossier et posa les pieds sur le bureau.)

— Quelqu'un qui a commis autant d'erreurs

monumentales pourrait tenter de s'évader pendant sa capture ou pendant le transfert en prison, qui sait ?

— Et ça vous fendrait le cœur ?

— Non. En un sens, ce serait peut-être encore mieux. J'ai bonne envie de me porter volontaire pour faire partie de l'escorte. J'ai besoin de m'entraîner un peu au tir. Ces derniers temps, j'ai tendance à tirer trop bas ; il faut que je me corrige. Mourir peut prendre cinq ou six minutes.

J'étais brusquement à cours de reparties marquées au coin de l'humour. Entendre quelqu'un parler de ma propre mort en se pourléchant les babines, c'est bien simple : ça sape à la base ma créativité. Et je crois que je commençais enfin à prendre la mesure de l'énormité de mon problème. Il n'y aurait pas d'avocat prestigieux pour me tirer de ce pétrin, pas de juge ni de jury pour s'apitoyer sur mon sort. Je n'avais pas d'amis à appeler à la rescousse, pas de piston à faire jouer, pas de mensonges à dire qui seraient capables de m'aider. Mon destin était entièrement entre les mains de gens qui manifestaient ce que la justice appelle « un mépris cynique de la vie humaine ».

Je sortis une cigarette que j'allumai. La fumée ne fit que rendre ma bouche encore plus sèche mais sembla desserrer tant soit peu l'étau qui me broyait la poitrine.

La porte s'ouvrit de nouveau. C'était Escoe, cette fois. Un policier arborant les galons de capitaine dont le macaron d'identité portait le nom de Strout l'accompagnait. Apparemment, Roxon et ledit Strout étaient les deux subordonnés de confiance. L'absence d'agent tout-venant était de mauvais augure pour mon avenir. Seuls ceux qui avaient le plus à perdre étaient invités à cette petite réception, ceux qui risquaient le moins de craquer si jamais il devait y avoir une enquête.

— Je vous l'apporte sur un plateau, chef, dit Roxon.

— Absolument, renchéris-je. Il m'a trouvé menotté au radiateur et, vaillamment, il est resté avec moi dans la même pièce.

— Comment l'avez-vous cravaté ?

— C'est Chuck qui l'a alpagué. Une des filles l'a reconnu. Elle l'avait vu l'autre fois.

Escoe se tourna vers le capitaine.

— Je veux voir Chuck et cette fille. Mais n'allez pas les chercher vous-même. Dites au gérant de les amener, il est dehors. Inutile de donner aux clients l'impression qu'il se passe quelque chose d'inhabituel ce soir. (Il se percha sur le coin du bureau et se croisa les bras sur la poitrine.) Mais qu'est-ce qui vous a pris, Whitfield ? Vous êtes en fuite, vous avez la police aux talons, vous essayez de ne pas vous montrer, de ne pas vous faire reconnaître... et vous venez faire un tour où ça ? Au Valhalla ! Vous deviez pourtant bien penser que le personnel n'a pas cessé de parler de vous depuis votre précédente visite et qu'il vous voyait chaque fois que la télévision diffusait votre portrait. Vraiment, je ne comprends pas.

Je ne pouvais pas lui donner de réponse logique sans parler de Foskey. Même avec Foskey et sa voiture, mon plan n'avait peut-être pas été génial mais sans lui, c'était de la démence pure et simple. A tel point que je commençai à craindre que Escoe finisse par comprendre que j'étais venu au Valhalla pour chercher l'assistance de quelqu'un.

— Il y a quelque temps, j'avais pris une chambre à l'hôtel.

— Pourquoi, au nom du ciel ?

Je haussai les épaules.

— Je savais que c'était au Valhalla que se trouvait la clé de l'affaire et je m'étais dit que le Liberty était peut-être dans la course, lui aussi. Un simple coup d'œil a d'ailleurs suffi à abandonner cette hypothèse.

— Dame ! Ce n'est qu'un lieu de rencontre pour une bande de vieux bonshommes et une étape pour les travailleurs migrants en attendant de trouver à se loger pour moins cher ou une femme qui les entretiendra. Le Liberty n'a rien à voir avec le Valhalla sauf qu'il est propriétaire des murs.

— Il fallait que je le découvre par moi-même, et je l'ai fait. J'ai donc pris une chambre. Comme je ne voulais me servir ni de mon vrai nom ni de ma carte de crédit, on m'a demandé trois jours d'avance.

Escoe sourit.

— Ah ! Maintenant, je comprends. Comme ça, quand vous nous avez échappé, vous aviez une planque toute prête. Et sous un faux nom, ce qui la rendait encore plus sûre.

— Vous avez compris.

— Comment nous avez-vous échappé après avoir traversé la rivière ? Tout le quartier a été bouclé en l'espace de quelques secondes.

J'hésitai un instant mais il n'y avait pas de raison de ne pas le lui dire.

— J'ai pris un bus qui arrivait à l'arrêt juste au moment où j'atteignais Peachtree Street.

Escoe adressa un sourire lugubre à Roxon qui avait repris son air de dogue.

— Il a pris le bus, l'animal ! Qu'est-ce que vous en dites ? C'est très astucieux de votre part, Whitfield, je suis forcé de l'admettre. Mais vous étiez en sécurité. Qu'est-ce qui vous a pris de mettre les pieds au Valhalla ?

Nous étions revenus à la case départ, c'est-à-dire à la question à laquelle je ne pouvais répondre.

— J'avais fait une longue trotte et j'avais soif.

— Voilà ! Et, comme par hasard, le Valhalla était justement à portée de la main ?

On frappa. Roxon alla ouvrir.

— C'est Chuck et la fille.

— Faites entrer Chuck, lui ordonna Escoe. Je parlerai plus tard à la fille.

Le videur fit son entrée. L'air très flic. Escoe le laissa se dandiner quelque temps avant de fixer ses yeux sur lui. Il le dévisagea longuement en silence.

— Je veux savoir exactement comment vous avez capturé cet homme.

Chuck s'éclaircit la gorge.

— L'hôtesse s'est précipitée vers moi pour me dire que le type qui avait tué le flic et la petite était revenu. Elle me l'a montré du doigt au moment où il ressortait. J'ai empoigné Harvey par le bras et on s'est lancés à sa poursuite. On l'a récupéré dans le parking. Il se planquait derrière les bagnoles. On l'a eu juste au moment où il montait dans la sienne. A quelques secondes près, on aurait été bredouilles.

— Sa voiture ? (Escoe me lança un coup d'œil, puis son regard revint au videur.) Elle n'est pas ici. S'il en avait une, c'est qu'il l'avait volée. Il a abandonné son véhicule à deux pas de chez lui.

— Moi, tout ce que je sais, c'est qu'il avait ouvert la portière avec une clé et qu'il s'apprêtait à monter dedans.

— Il avait la clé ? Vous vous rappelez ce que c'était comme voiture ?

— Naturellement.

Escoe se tourna vers le capitaine.

— Vous allez avec lui vérifier le numéro et vous

vous informerez pour savoir à qui appartient cette voiture. S'il avait la clé, il ne l'a pas volée. Quelqu'un la lui a prêtée. (Il me décocha un sourire.) Alors comme ça, vous étiez motorisé, Whitfield ? Je n'avais pas pensé que vous vous démerderiez aussi bien.

— Je fais de mon mieux, répondis-je en lui rendant son sourire.

— Faites entrer la fille, dit Escoe à Roxon.

Elle entra et, à part un coup d'œil furtif, elle refusa de me regarder en face.

— Comment avez-vous remarqué M. Whitfield ? lui demanda Escoe.

— Je me dirigeais vers le comptoir pour chercher des consommations et il m'a bousculée au passage. C'est tout. Je me suis souvenue de lui parce que, l'autre fois, il avait tenu si longtemps la jambe à Connie que j'avais dû lui rappeler que c'était à son tour de faire son numéro. Après ce qu'il avait fait, j'ai eu drôlement la frousse quand je suis tombée sur lui, tout à l'heure.

— Je comprends ça, approuva courtoisement Escoe. Et vous avez aussitôt prévenu Chuck ?

— Oui, monsieur.

— Vous avez d'excellents réflexes, toutes mes félicitations. Je suppose qu'ensuite, vous avez parlé de ça avec vos collègues ?

La fille parut embarrassée.

— Ben, je leur ai dit comme ça que je venais de tomber sur lui. C'était pas un secret, s' pas ? Elles m'avaient vue chercher du secours, et tout. A la façon que les deux garçons ont foncé, c'est sûr et certain que tout le personnel et une partie des clients ont compris qu'il se passait quelque chose de pas normal.

— Vous nous avez été très utile. Vous pouvez

retourner dans la salle mais je vous serais reconnaissant de garder pour vous tous les événements de ce soir. En fait, oubliez que nous avons eu cette petite conversation.

La fille sortit. Après avoir allumé nerveusement une autre cigarette, j'essayai d'imaginer un moyen d'expliquer les informations que l'on trouverait au service des immatriculations. Escoe, lui aussi, avait l'air d'avoir des problèmes.

— Vous vous rendez compte des conséquences fâcheuses de tous ces bavardages, Roxon ?

— Lesquels ?

— Il ne nous est plus guère possible de le faire discrètement sortir pour simuler une arrestation ailleurs.

— Le fait est.

— Je ne sais pas encore comment nous allons procéder mais il faudra que ça ait lieu ici, il n'y a pas de problème. J'aurais préféré que le Valhalla reste entièrement hors du coup mais il faut croire que ce n'était pas dans les cartes.

Roxon me dévisagea avec un sourire à peine esquissé.

— On trouvera bien quelque chose et tout le monde n'y verra que du feu.

Pas compliqué d'imaginer ce qu'il avait en tête. J'avais déjà brûlé une fois la politesse à mes poursuivants. Capturé, j'essaierai encore un coup de fausser compagnie à mon escorte et un tireur d'élite me déquillerait. Abattu lors d'une tentative d'évasion. C'était simple comme bonjour.

Le capitaine surgit sur ces entrefaites, un papier à la main.

— Vous n'allez pas le croire ! s'exclama-t-il.

— Dites toujours, fit Escoe.

— La voiture... c'est celle d'Edgar Foskey.

— Le barman ?

— Exactement.

— Faites-le venir, gronda Escoe. Mais du doigté, hein ? Que le gérant se débrouille pour qu'il ait une raison logique d'abandonner son bar.

Strout ressortit et Escoe se tourna vers moi.

— Comment êtes-vous entré en possession des clés de voiture du barman ?

Le moment était venu de sortir l'histoire la plus vraisemblable que j'avais réussi à mettre au point.

— Elles étaient sur le comptoir à côté de la caisse. Il les avait posées là, sans doute. Il était visible que c'étaient des clés de voiture et comme j'avais à tout prix besoin d'une bagnole, je les ai subtilisées.

Je l'observais. Il pouvait très bien avaler ça. Il passa une main épaisse sur son crâne, ce qui eut pour effet de hérisser ses cheveux coupés en brosse.

— Vous prétendez avoir pris les clés au bar ? Bon. Moi, je veux bien. Mais il n'y a pas une place de libre sur le parking. Vous n'avez donc disposé que de quelques secondes avant de vous faire prendre. Et ce laps de temps vous a suffi pour trouver la voiture et l'ouvrir ?

C'était le point le plus faible de mon mensonge. Je sentais la sueur qui me dégoulinait dans le dos mais je fis de mon mieux pour être convaincant :

— Il suffisait de regarder les clés pour savoir que c'étaient celles d'une Chevrolet d'un modèle datant d'une dizaine d'années. Et comme c'étaient celles du barman ou d'un autre employé de la boîte, ça éliminait d'office la plupart des véhicules garés au milieu du parking. La voiture d'un membre du personnel avait toutes les chances d'être rangée à proximité immédiate de la boîte, ce qui réduisait d'autant le champ de recherches. En fait, si j'y avais pensé tout de suite, j'aurais pu filer. J'ai perdu du temps à tourner autour des voitures du milieu.

A vrai dire, aucune de ces belles déductions ne m'était venue à l'esprit au moment où je cherchais frénétiquement la Chevrolet de Foskey. Et je le regrettais amèrement. Tout ça, c'était parfaitement raisonné. Trop bien pour un homme qui ne cherche qu'à sauver sa peau. Je pensais néanmoins que Escoe était prêt à accepter cette explication. Mais, évidemment, on n'est jamais sûr de rien.

Il y eut un vague brouhaha à l'extérieur, puis la porte s'ouvrit et le capitaine poussa sans ménagement Foskey dans le bureau. Je me creusais désespérément la cervelle pour trouver le moyen de faire comprendre ma tactique au barman sans la crier sur les toits. Mon seul espoir était que Foskey serait capable de deviner l'histoire que j'avais mise sur pied grâce aux questions qu'on allait lui poser. Mais ils n'eurent pas le temps de lui en poser une seule.

Il fit son entrée en titubant, et ce n'était pas uniquement dû à la brutalité avec laquelle Strout l'avait poussé. Je ne sais combien de verres il avait descendus depuis ma capture mais, en tout cas, cela avait suffi pour qu'il soit ivre.

— Espèce de fumier ! commença-t-il en brandissant un doigt dans ma direction. J'aurais dû te foutre dehors le jour où tu es venu me demander de t'aider.

Je respirai un grand coup et vidai lentement mes poumons.

— Probablement... tu as probablement raison, Foskey.

24

Le capitaine avança une chaise à Foskey sur l'ordre d'Escoe. Corrompu ou pas, Escoe était maintenant l'image même du flic qui se rengorge, tout fier d'avoir dénoué une affaire difficile.

— Depuis quand connaissez-vous Whitfield ? demanda-t-il à Foskey.

— Depuis beaucoup trop longtemps. Ça remonte à douze, quinze ans quand je travaillais encore pour la presse d'Atlanta.

— Vous étiez journaliste, vous aussi ? (Il y avait de l'étonnement dans la voix d'Escoe.) Pour qui travaillez-vous maintenant ?

Foskey lui décocha un regard fulminant.

— Pour cette boîte, tiens ! Vous ne pensez quand même pas que je la fréquente pour le plaisir ? On me paye pour être à jeun six jours sur sept.

— Vous ne travaillez donc pas clandestinement pour une agence de presse ? fit Roxon. Je vois assez mal un type passer de la condition de journaliste à celle de barman dans un cabaret comme le Valhalla.

Mais Escoe scruta avec plus d'attention le visage défraîchi et les yeux larmoyants de Foskey.

— Ce n'est pas si évident, Roxon. Cet homme est

un vieil alcoolique. Inutile d'y regarder à deux fois pour s'en convaincre.

Foskey hocha vigoureusement la tête.

— C'est vrai. Un vieil alcoolo qui a cessé depuis belle lurette de fourrer son nez dans les affaires des autres. C'est-à-dire que j'avais arrêté jusqu'au jour où ce mec est venu me demander de lui donner un coup de main. Mais qu'est-ce qui m'a pris ? J'aurais jamais dû lui adresser la parole !

Escoe se tourna vers moi.

— Je crois que voilà résolu le mystère de votre première visite au Valhalla. Vous y aviez un ami prêt à compatir à vos malheurs après votre licenciement.

— Sans commentaire.

Je comprenais enfin pourquoi ces deux mots pouvaient être les seuls logiques dans certaines situations.

— Donnez-moi une cigarette, fit hargneusement Foskey. (Et quand Roxon lui tendit un paquet, enhardi, il ne s'arrêta pas là :) Et je boirais bien un coup, aussi.

Roxon leva le bras pour le gifler mais Escoe lui saisit le poignet.

— Non. Il ne faut surtout pas le marquer. Allez donc plutôt lui chercher un verre. Nous voulons qu'il soit à son aise, n'est-ce pas ?

Renfrogné, Roxon ouvrit la porte et donna sèchement l'ordre au gérant d'apporter une bouteille. Il mourait d'envie de taper sur quelqu'un pour calmer ses nerfs.

— De quoi avez-vous parlé avec Whitfield, l'autre soir ? demanda Escoe à Foskey. Je suppose que vous l'avez présenté à Connie ?

— Pas du tout. Elle s'est présentée toute seule. Je ne suis pour rien dans ce qui lui est arrivé. J'avais essayé de la mettre en garde contre Salter, avant, mais elle ne m'a pas écouté. Elle n'a pas eu besoin de moi pour faire connaissance avec Whitfield. On était en train de se dire tout le mal qu'on pensait de la presse et des rédacteurs en chef, lui et moi, quand elle s'est amenée. A partir de ce moment, il a cessé de s'intéresser à autre chose qu'à elle.

— Mais vous avez bavardé avec Whitfield, plus tard ?

Foskey se pencha en avant, les coudes sur les cuisses, et enfouit son menton entre ses mains.

— Pour ça, oui. Il est venu chez moi me supplier de l'aider. Et au lieu de le foutre à la porte, je me suis laissé attendrir comme un imbécile.

— Qu'est-ce que vous lui avez dit ?

Foskey se redressa.

— C'est pour quand, ce verre ? Si je me mets à table, j'ai besoin de boire.

A peine avait-il dit ces mots qu'on frappa à la porte. C'était le gérant avec la bouteille. Du bourbon de seconde zone mais le barman n'allait pas faire la fine bouche. On lui en versa un bon verre dont il engloutit la moitié en trois lampées. Avec une cigarette et le reste de son godet, il était fin prêt pour s'étaler un peu plus.

— De quoi je lui ai causé ? De la manière dont marche cette boîte pourrie, et je ne me suis pas gêné pour mettre les points sur les i. Les dessous de table pour obtenir une licence, ça a toujours existé dans le milieu des boîtes de nuit mais avec vous, la corruption a atteint des sommets encore inconnus jusque-là.

— Qu'est-ce que vous savez au juste ? s'enquit Roxon avant qu'Escoe ait pu lui imposer silence.

— Ça fait plusieurs années, maintenant, que je bosse dans ce genre de boîtes et ce n'est pas parce que je n'exerce plus le métier de journaliste que je suis aveugle.

— Mais le Valhalla ? insista Escoe. Qu'est-ce que vous savez à propos du Valhalla ?

Foskey avala une rasade grand format. Il resta quelques secondes silencieux, le regard enflammé, avant de répondre.

— Je sais que vos hommes y étaient toujours fourrés. Salter qui encaissait votre saleté de pognon était l'un des pires. (Il écrasa son mégot et ralluma immédiatement une cigarette.) Je ne sais pas en quoi il a démérité au point que vous ayez donné l'ordre de l'exécuter.

Il faut bien le reconnaître : à partir du moment où il décidait de se suicider, Foskey n'y allait pas par quatre chemins. Il avait beau être stupide, ivre et vindicatif, j'étais bien obligé de lui tirer mon chapeau. Evidemment, il me condamnait à mort en même temps que lui mais, n'importe comment, dès le début, je n'aurais pas parié gros sur mes chances de sortir vivant de cette aventure.

Je m'entendis demander :

— Pourquoi avez-vous tué Salter ?

Roxon eut un sourire goguenard.

— Tu veux des aveux écrits ou est-ce qu'une simple déclaration verbale suffira ?

— Qu'est-ce que vous avez à perdre ? lui lança Foskey. Nous sommes tous les deux à votre merci et quelque chose me dit qu'il n'y a pas grand risque que nous répétions ce que nous aurons entendu. Vous avez gagné. Alors merde ! Pourquoi ne pas se hausser un peu du col, à tant faire, non ?

Roxon ouvrait déjà la bouche mais Escoe lui coupa le sifflet. Apparemment, ses dehors flegmatiques et réfléchis cachaient un irrésistible penchant à prendre des décisions sur un coup de tête. Peut-être se complaisait-il simplement à clouer le bec à ses subordonnés comme quelques jours avant dans le bureau de Randall, quand il avait pris la direction de l'interrogatoire. Toujours est-il qu'il choisit de répondre franchement et sans détours à ma question :

— Nous savions qu'il y avait une fuite dans l'organisation. Ce qui avait transpiré n'était pas énorme, à notre connaissance, mais il y avait une fuite, c'était évident.

— Une fuite au bénéfice de qui ?

— Des procureurs fédéraux. Ils essayaient de constituer un dossier contre Conklin. Il existe une loi fédérale qui leur laisse les mains libres dans tous les cas où une personne exerçant une charge publique tombe sous le chef d'inculpation de concussion. C'est d'ailleurs excellent, question avancement.

— Mais vous l'avez su immédiatement, rétorquai-je. Sinon, la justice serait déjà intervenue.

Il sourit.

— Ils avaient leurs sources de renseignements, j'avais les miennes. Et il n'y avait pas des masses de choses à tirer ni des unes ni des autres. Tout ce que nous savions avec certitude, c'était qu'ils avaient une taupe chez nous. Qui ? Nous l'ignorions mais c'était suffisant pour que nous nous mettions à la recherche de l'origine des fuites.

— Cela ne pouvait pas provenir de Salter. Il faisait partie de la catégorie des vrais croyants, lui.

— C'était ce que je pensais, moi aussi, mais tout semblait l'accuser. L'indicateur ne pouvait être que lui.

— Vous l'avez donc exécuté ?

— Pas tout de suite. Nous lui avons fait part de

nos soupçons. Pour parler franc, nous étions prêts à le liquider sans plus attendre mais il s'est montré très convaincant et nous avons jugé préférable de surseoir jusqu'à ce que nous ayons une certitude absolue. D'ici là, il devait faire l'objet d'une surveillance constante et, bien entendu, il était tenu totalement à l'écart de nos affaires. Je l'aimais bien, ce garçon, et je voulais le sauver.

— Mais je parie qu'une bonne part de votre raisonnement était basé sur la nécessité d'être absolument certain de l'identité de l'informateur. Si c'était quelqu'un d'autre, commettre un assassinat était la dernière chose à faire.

— C'était effectivement là un élément qui entrait en considération. En attendant, nous nous sommes livrés, Conklin et moi, à une enquête approfondie. Nous avons passé au crible les secrétaires et les dactylos susceptibles d'avoir eu accès à certaines informations. Un accès limité car les fuites portaient sur des choses de peu d'importance qui n'étaient jamais écrites noir sur blanc. Au bout de quelque temps, j'ai fini par avoir la quasi-conviction que nos soupçons initiaux n'étaient pas fondés.

— Mais ce n'était qu'une quasi-conviction.

— Salter était entièrement innocent. Sur ce point, nous nous trompions. Mais il était quand même à l'origine des fuites. La taupe en question était sa maîtresse, la strip-teaseuse.

— Je crois que, cette fois, je commence à comprendre. J'imagine que Salter a été aussi bouleversé quand vous avez accusé la fille que quand vous l'aviez accusé, lui.

Escoe secoua la tête.

— En fait, c'est lui qui a découvert le pot aux roses. Je ne sais pas au juste comment il s'y est pris. Il s'est peut-être finalement rendu compte qu'elle avait eu connaissance des renseignements transmis. Ou qu'il l'a tout bonnement surprise en train d'essayer de fournir des informations à quelqu'un.

— Vous a-t-il averti ?

— Non.

— Il devait être fou furieux. Quelles étaient ses intentions ?

— C'était un problème qu'il voulait régler lui-même. Comment ? Je ne saurais le dire. Il est possible qu'il ne le savait pas encore exactement lui-même. A notre avis, la confrontation du parking était la première qu'il avait avec elle. Il venait de s'apercevoir que Connie jouait double jeu et il l'attendait à sa sortie du travail.

— Et je lui ai coupé tous ses effets en débarquant là comme un chien dans un jeu de quilles ?

— Eh oui. Il voulait probablement l'emmener chez lui pour la faire parler. Il avait beau être en colère, il espérait sans doute pouvoir amortir le coup pour qu'on ne soit pas obligé de la tuer.

— Comment savez-vous tout ça ? A quel moment êtes-vous intervenu ? Je présume que Salter ne vous a pas téléphoné après notre bagarre.

— Non mais nous étions au courant avant même qu'il se soit relevé ou presque. J'ai immédiatement pensé à une possible trahison de la fille. Cela cadrait avec les faits tels que nous les connaissions et c'était la seule chose qui expliquait que Salter soit furieux au point de retourner l'attendre à la sortie du club.

— Et vous lui avez mis la main dessus ?

— Non, nous l'avons laissé faire. Nous avons surveillé son domicile et celui de Connie. Quand nous sommes arrivés, il était déjà en planque à proximité de son appartement à elle. Tout le monde est resté caché jusqu'à ce qu'elle apparaisse enfin une heure avant le lever du jour. Salter l'a fait entrer de force dans le studio. Nous leur avons laissé une ou deux minutes avant d'y faire irruption à notre tour. (Escoe pinça l'arête de son nez comme si l'évocation de ce souvenir lui était douloureuse.) Tout s'est passé très calmement. Nous nous sommes assis et nous avons fait gentiment le point de la situation.

— Après quoi, vous les avez tués tous les deux, lâcha Foskey.

— Je voulais sauver Salter mais comment faire ? Une fois que son amie aurait été tuée, nous n'aurions pas pu avoir confiance en lui. Et il n'était évidemment pas possible de lui laisser la vie sauve à elle. Elle en avait suffisamment appris sur nos activités pour comprendre ce qu'elles avaient d'illégal. Peut-être avait-elle pris contact avec le procureur général un jour où elle s'était disputée avec Salter ou un autre incident de ce genre. Il était possible que nous ayons repéré la fuite très tôt ou qu'elle ait fait marche arrière et cessé de coopérer avec la justice. Quoiqu'il en soit, on ne pouvait pas la laisser en vie.

Je sortis une nouvelle cigarette et au regard que me lança Foskey, je lui en offris une.

— Tuer quelqu'un qui collabore avec le procureur me semble être le meilleur moyen d'attirer l'attention.

Escoe se mit à rire.

— Pas si la victime a été l'enjeu d'une bagarre de bistrot. C'est justement une des choses qui nous a incités à passer à l'action. Il était peu probable qu'une situation aussi favorable pour les liquider tous les deux et avoir sous la main un suspect avec un mobile pour porter le chapeau se représenterait de sitôt. Nous avons d'abord pensé à mettre en scène un meurtre suivi d'un suicide mais, en définitive, nous avons opté pour le double assassinat avec vous dans le rôle du meurtrier.

— Ça n'aurait pas tenu. Un avocat désigné d'office aurait peut-être pu saboter ma défense mais pas ceux auxquels j'ai fait appel.

— C'est vrai mais, au bout du compte, tout le monde aurait pensé que Salter avait tué la fille et que vous l'aviez frappé jusqu'à ce que mort s'ensuive au cours de la bataille qui aurait suivi. Le jury l'aurait cru, l'affaire aurait été réglée et vous auriez écopé au maximum de dix ans en bénéficiant du régime de la liberté sur parole, une fois purgée la moitié de la peine.

— Fichtre ! Si j'avais su que je ne risquais que cinq ans, j'aurais été volontaire.

— Je pense que nous aurions pu avoir un jury qui aurait avalé cette histoire, avec ou sans votre accord.

— Vous avez sans doute raison, ma crédibilité ne s'est pas améliorée depuis ces derniers jours, convins-je. Mais je connais une vieille dame qui vous a vu, vous ou un de vos amis. Roxon, probablement. Et ne me racontez pas qu'il a manqué le spectacle, pas quand quelqu'un tenait ses victimes sous la menace d'un revolver.

— En tout cas, celui qui se prépare, de spectacle, je ne le manquerai pas, fumier ! gronda Roxon. Ça, pour moi, c'était juste pour me mettre en voix. Les hors-d'œuvre, quoi. La vedette américaine, c'est toi. (Il se tourna vers Escoe.) Vous ne trouvez pas qu'on a assez parlé comme ça ? Quand est-ce qu'on va allumer ces deux gus ?

— Il est bientôt temps, en effet, approuva Escoe. (Puis il me regarda.) Pour ce qui est de la vieille dame, je suis au courant, inutile d'essayer de me faire peur avec elle. Elle est tombée sur moi par hasard mais c'était avant que les véhicules de police arrivent sur les lieux en faisant hurler leurs sirènes. Elle se figure que j'étais seulement un élément précurseur. (Il revint à Roxon.) C'est le moment d'organiser quelque chose ici même. Il faut manifestement que Whitfield, prisonnier, se fasse tuer pendant une tentative d'évasion.

— Vous ne croyez pas que s'il opposait de la résistance lors de son arrestation ça suffirait ? Faut-il vraiment qu'il essaie de prendre encore une fois la fuite ? Ce serait peut-être un peu tiré par les cheveux, non ?

— C'est vrai mais trop de gens savent que le videur l'a capturé dans le parking. Si nous ne tenons pas compte de ce fait, ça jasera et je préfère éviter les commérages.

Roxon s'inclina :

— Oui, évidemment.

— Voilà comment je vois les choses, enchaîna Escoe. Whitfield tentera de nous fausser compagnie dans le parking. En s'emparant de l'arme de quelqu'un, ce sera encore mieux. De la vôtre, par exemple. Nous aurons alors une excellente raison pour tirer.

— Et Foskey ?

— Voilà précisément pourquoi il nous faut une fusillade générale. Foskey sera atteint par une balle perdue alors qu'il se dirigeait vers sa voiture. (Escoe regarda le barman en souriant.) On peut supposer qu'il voulait s'assurer que Whitfield, le tueur, n'avait rien cassé quand il avait essayé de la voler.

Les entendre ainsi organiser de sang-froid les préparatifs de ma propre mort commençait à me taper sur les nerfs mais ce qui m'irritait le plus était de penser que cela passerait sans doute comme une lettre à la poste. Mes soi-disant amis s'étaient déjà faits à l'idée de me considérer comme un assassin et, de surcroît, un assassin en fuite. Foskey ne serait jamais qu'un innocent de plus victime d'une bavure policière. Mais je me refusais de leur donner la satisfaction de voir que j'avais peur, même si ma frayeur me coupait le souffle.

— J'espère pour vous que vous serez plus efficaces que les deux types que vous avez chargés de jouer au stock-car avec moi ou que les zèbres qui me filaient et que j'ai semés.

Escoe plissa le front.

— J'ai entendu parler de cet épisode. Mais nous ne vous avons pas filé. Cela aurait demandé trop de personnel. (Il se tourna vers Roxon.) C'est vous qui avez pris sur vous de donner l'ordre de le faire suivre ?

Le lieutenant s'esclaffa.

— Non, mais nous lui avons flanqué une telle frousse qu'il nous voyait dans ses rêves. Je me demande combien de zigzags il a pu faire pour essayer de se décramponner d'un brave automobiliste qui n'en pouvait plus.

J'avais beau être d'ores et déjà un homme mort, j'avais encore un peu de temps à mettre à profit en posant des questions. Celle-ci, par exemple : qui donc me collait au train si ce n'étaient pas les poulets ?

25

Escoe se mit debout et sortit son revolver.

— Détachez-le.

Tandis que Roxon ouvrait le bracelet des menottes fixé au radiateur pour le refermer sur mon autre poignet, il tapota l'épaule de Foskey :

— Vous pouvez vous lever ou vous avez besoin qu'on vous aide ?

— Si je dois me faire tuer, je n'ai besoin de personne.

J'avais pensé à me jeter sur Roxon pendant qu'il détachait les menottes mais il n'aurait été que trop facile à Escoe de déjouer la manœuvre. Il n'était pas question de me soumettre docilement aux plans de ces messieurs mais je préférais attendre l'obscurité propice du parking pour tenter le tout pour le tout.

— Prenez votre revolver, dit Escoe à Roxon après avoir donné l'ordre au capitaine Strout de s'assurer qu'il n'y avait personne dans les parages. Une fois dehors, vous tirerez une ou deux balles en l'air avant d'abattre Foskey. Ce ne serait pas mal si la balle perdue est sortie de l'arme dont Whitfield se sera emparé. Ça empêchera qu'on pose trop de questions. Prenez la précaution de vous éloigner suffisamment pour qu'il n'y ait pas de traces de poudre sur ses vêtements.

— Après, vous tirerez sur Whitfield ?

— Oui. Si nous nous y prenons bien, tout sera réglé en quelques secondes. Nous pourrons alors placer les corps dans la position qui convient et glisser votre revolver dans la main de Whitfield avant que quiconque sortant du bar n'ait eu le temps de traverser le parking. Les voitures dissimuleront nos faits et gestes quand nous les aurons descendus.

Le capitaine glissa sa tête par l'entrebâillement de la porte.

— La voie est libre, annonça-t-il. C'est le moment ou jamais.

— Parfait. Je passerai devant avec Foskey. Nous sortirons et nous nous enfoncerons entre deux rangées de voitures. Vous suivrez à quelques mètres de distance. Quand je m'écarterai, vous ouvrirez le feu. Vous vous éloignerez de Whitfield pour que mon axe de tir soit dégagé. Il faut qu'ils soient morts tous les deux dans les cinq secondes qui suivront votre premier coup de feu. (Escoe se tourna vers le capitaine.) Si jamais nous avons besoin d'un peu plus de temps, vous resterez derrière nous en couverture et vous ordonnerez aux gens qui éventuellement s'approcheraient de se coucher à plat ventre et de ne pas bouger.

— Ça me paraît compliqué, fit Roxon d'une voix lugubre.

— Tout marchera très bien, vous verrez, répliqua sèchement Escoe. Maintenant, ouvrez cette bon Dieu de porte.

Il poussa Foskey en avant et tout le monde suivit le mouvement. Dès que j'eus mis le pied dehors, je dus me cramponner pour ne pas prendre mes jambes à mon cou. Même s'ils m'abattaient, trop de précipitation pouvait flanquer leur histoire en l'air. Dans la meilleure des hypothèses, ils ne parviendraient pas à me tuer avant que des témoins soient sur les lieux. J'aurais peut-être la chance de rester seulement éclopé pour la vie.

Nous avançions dans le parking. Escoe et Foskey nous précédaient de six mètres environ. Quand Escoe fit halte, je compris que ça n'allait plus tarder. Foskey aussi.

— Merde mais où est-ce que vous êtes ? se mit-il subitement à brailler.

Avant que j'aie eu le temps de comprendre de quoi il retournait, Escoe fit un pas de côté et cria à Roxon :

— Mais tirez, nom de Dieu, qu'est-ce que vous attendez ?

Le lieutenant tira une première fois en l'air, puis abaissa son bras armé, visant Foksey qui, vacillant sur ses jambes, fit mine de prendre du champ. Il se rendit peut-être compte qu'Escoe me tenait en joue, et essaya de s'écarter de moi tout en tirant. Sa seconde balle manqua Foskey. Elle étoila le pare-brise d'une auto à l'arrêt.

L'espace qui me séparait de Roxon me faisait prendre conscience de ma vulnérabilité. Aussi, au lieu de m'élancer ventre à terre ainsi que l'escomptait sans doute Escoe, je collai au contraire à son lieutenant. Pendant un moment, ce fut comme si je le poursuivais dans le parking. Escoe lui hurlait maintenant de se baisser. Lorsqu'il fut à quelque deux mètres cinquante de son patron, il pointa son revolver sur moi. Il ne leur resterait plus qu'à inventer une autre histoire plus tard. A présent, le plus urgent était de me faire passer de vie à trépas.

Je plongeai sous le bras tendu de Roxon et, lançant en avant mes deux poings qu'emprisonnaient les menottes, je le projetai en direction d'Escoe. Un revolver aboya et il poussa un cri de douleur. S'était-il tiré lui-même dessus ou avait-il écopé de la balle qui m'était destinée ? Sans attendre de connaître la réponse à cette question, je me ruai à toutes jambes au milieu des voitures. Je vis alors que plusieurs types s'étaient saisis de Foskey. Ils m'aperçurent et se mirent à crier. Quittant le parking, je me ruai dans une petite rue. Mais il n'est pas facile de courir quand on est menotté et comme je coupai par la pelouse d'une maison pour me mettre à couvert, quelqu'un me rattrapa, se jeta sur moi et nous roulâmes tous deux à terre. Je me relevai le premier et balançai mes poings dans la figure de mon assaillant en faisant un moulinet comme si je tenais une épée à deux mains. Il alla à dame mais pendant ce temps, un de ses copains nous avait rejoints. Comme je me préparai à rééditer mon exploit, au lieu de passer à l'attaque, le nouveau venu s'arrêta à distance respectueuse et s'écria :

— Du calme, bon Dieu, Whitfield ! Nous ne sommes pas là pour vous tuer mais pour vous sauver !

— Qui êtes-vous donc ?

Il me tendit un insigne.

— F.B.I. Nous vous surveillons depuis un certain temps.

Alors, des tas de pièces du puzzle se mirent en place d'un seul coup dans ma tête. J'aurais pu dire beaucoup de choses à cet agent. Mais en lever de rideau, je me contentai de faire un nouveau moulinet avec mon épée invisible et il s'écroula à côté de son collègue.

26

— Nous devrions vous placer en état d'arrestation pour voies de faits et violences à l'encontre d'un agent fédéral.

Nous étions de retour dans le bureau du Valhalla. Une demi-heure s'était écoulée : le temps qu'il avait fallu pour que les agents Padgett et Smith cessent de saigner du nez.

— Vous m'avez frappé alors que je m'étais identifié, grommela le premier. Qu'il y ait eu confusion en ce qui concerne Smith qui, lui, n'avait pas eu le temps de le faire, je veux bien. Mais pourquoi vous en êtes-vous pris à moi ? Nous venions vous sauver.

Au cours de cette demi-heure, mon organisme avait éliminé toute l'adrénaline qu'il avait sécrétée et, maintenant, je tremblais de trouille — c'est toujours quand le danger est passé que j'ai le plus peur — mais, malgré tout, la colère l'emporta sur la trouille.

— Nous sauver ! Si nous avions compté sur vous, nous serions en route pour la morgue à l'heure qu'il est, Foskey et moi ! Vous les avez vus me faire entrer de force dans ce bureau. Comment pouviez-vous savoir qu'ils ne me liquideraient pas sur-le-champ ? Si vous vouliez me sauver, pourquoi n'êtes-vous pas intervenus immédiatement ?

— Nous étions à l'écoute. On avait fait installer des micros dans la pièce. S'ils avaient tenté de vous faire des ennuis, nous ne les aurions pas laissé faire.

— Quoi... vous, vous les avez entendus mettre au point leurs projets et vous n'êtes intervenus que pour nous épousseter et nous féliciter ?

Ils ne répondirent pas immédiatement mais Foskey ouvrit les yeux pour la première fois depuis plusieurs minutes et, abandonnant sa posture avachie, se redressa :

— Je leur ai donné le signal de passer à l'action.

— Ah ! C'était donc ça ! Voilà pourquoi tu faisais tellement le flambard.

Il m'adressa un large sourire.

— Quand ils m'ont alpagué, j'ai compris que notre seule chance était que le F.B.I. entre dans la danse lorsque ça commencerait à sentir le brûlé. Mais je voulais aussi qu'Escoe se mouille au maximum pendant cette petite parlote.

— Ça fait longtemps que tu es dans la combine ?

— Pas tellement. Connie avait commencé à travailler avec le F.B.I. quelques semaines seulement avant sa mort. Rien que de fréquenter Salter, elle en avait appris assez long pour comprendre à quel point toute l'affaire était pourrie. Elle voulait le plaquer mais elle avait peur pour sa vie, et à juste raison. Son espoir était qu'une fois que les feds auraient cravaté tout ce joli monde, elle bénéficierait de la clause de protection des témoins. C'était probablement le seul moyen pour elle d'échapper à Salter sans y laisser sa peau.

— Depuis quand es-tu sur ce coup ?

— Ne me regarde pas comme ça, Bob. Lorsque tu

es venu me voir, je ne savais rien du F.B.I. et je ne voulais rien en savoir. Mais après le meurtre de Connie, les gens du F.B.I. sont venus me voir pour que je leur donne un coup de main. Ils connaissaient mon passé et ils savaient que tu étais un ami. Quand ils ont vu que j'étais apparemment prêt à t'aider secrètement, ils m'ont contacté.

— En te demandant de ne pas m'en parler ?

Il acquiesça.

— J'aurais voulu te le dire mais ils m'avaient fait jurer de garder bouche cousue.

Je lançai un coup d'œil à Padgett qui confirma les propos de Foskey :

— Nous avions peur que vous ne souleviez le voile d'une manière ou d'une autre. Sachant que nous enquêtions sur les menées d'Escoe et de Conklin, il aurait été très tentant pour vous de vous servir de cette information prématurément afin de vous disculper des charges qui pesaient contre vous.

— Vous m'avez laissé me faire arrêter et subir tout ce qui s'en est suivi alors que vous saviez dès le début que j'étais innocent ? (J'allumai une cigarette en luttant pour dominer ma fureur.) Et vous vous demandez pourquoi j'ai cogné ! J'ai compris tout de suite que vous vous laviez les mains de tout. Vous me suiviez partout où j'allais mais pas question de m'aider. C'est pour ça — plus que parce que vous n'aviez pas levé le petit doigt pour me délivrer — que je vous ai frappé. Je parie que vous m'auriez laissé condamner.

Padgett soupira.

— Tout le problème était là. La lenteur avec laquelle l'affaire prenait forme nous faisait craindre que nos recherches ne soient pas terminées au moment où s'ouvrirait votre procès et vous n'auriez pas pu résister à proclamer à tout bout de champ que nous enquêtions. Or, si cela s'était su trop tôt, il nous aurait été impossible de faire plonger Escoe et Conklin. Ce n'est que depuis cette nuit que nous avons des preuves irréfutables permettant de les inculper de meurtre. Et nous avions toujours la possibilité de faire, le moment venu, ce qu'il aurait fallu pour vous laver de tout soupçon.

— Je ne le serai jamais dans cette ville. Les choses sont allées beaucoup trop loin.

— Je n'en crois rien, rétorqua Padgett. Quand on saura que vous avez été accusé à tort et que vous avez même contribué à faire éclater la vérité, vous serez considéré comme un héros.

S'il le croyait, c'était qu'il ne connaissait pas très bien les gens d'ici.

— Et d'ailleurs, qu'est-ce que Foskey pouvait faire pour vous en dehors de vous donner des renseignements d'ordre général sur ce trafic, renseignements que vous aviez probablement déjà ? A moins, bien sûr, qu'il ne m'ait caché des choses ?

— Non, Bob, dit Foskey. Je t'ai aidé autant que je l'ai pu. Le plus gros de mon travail a été d'installer des micros dans ce local. C'est ainsi que j'ai compris qu'il était important de faire parler Escoe. Mais je ne comprends vraiment pas pourquoi ils ont attendu si longtemps pour intervenir, ajouta-t-il en décochant un regard torve aux deux agents fédéraux.

Padgett darda son index sur moi.

— Pour commencer, ce fier-à-bras ici présent a mis hors de combat l'homme chargé des écoutes. Cet agent a vu Whitfield entrer dans l'hôtel et s'est rendu compte du danger. Après tout, Whitfield était activement recherché par la police, ce qui le mettait physiquement en péril. En conséquence de quoi, notre homme a quitté son poste et l'a suivi au Liberty dans l'intention de l'en faire sortir et de le mettre sous les verrous pour assurer sa protection. Et que fait votre ami ? Il le met hors de combat ! La première des trois agressions sur la personne d'un agent fédéral dont il s'est rendu coupable, conclut rageusement Padgett.

— Tiens ! Je l'avais presque oublié, celui-là ! Comme ça c'était un de vos collègues ? Que voulez-vous ? Il ne s'est pas identifié. Il a fait irruption, l'arme au poing, dans ma chambre et m'a forcé à le suivre. Que pouvais-je penser, voulez-vous me dire ? Que c'était un guide gracieusement fourni par l'établissement pour me faire visiter la ville ?

— Il a peut-être été maladroit, j'en conviens. Il était de l'autre côté de la rue à son poste en train de surveiller les conversations. C'est un technicien, pas un membre du service action. Mais il a essayé de faire quelque chose. Il a compris que traîner vos bottes dans les parages était de la folie.

Foskey, qui avait déniché la bouteille de bourbon et était en train de descendre un verre bien tassé — le second depuis la fusillade — se tourna vers moi :

— Personnellement, Bob, je suis enchanté que tu aies un peu frotté les oreilles à mes deux amis ici présents.

Cette déclaration eut le don de faire sortir Padgett de ses gonds :

— Et moi qui m'apprêtais à vous remercier de votre coopération, capitale dans cette affaire. Vous avez pris des risques et je croyais comme un vieux croûton que vous agissiez par devoir. Alors, vous entendre maintenant proférer de pareilles remarques...

Mais l'agent aurait aussi bien pu cracher dans un

violon. Foskey, ses yeux vrillés aux miens continuait, de siroter son bourbon.

— Tu leur reprochais leur retard, Bob. Mais il y a peut-être plus grave encore.

— Je sais ce que tu veux dire. Moi aussi, ça m'est venu à l'idée. Mais pourquoi feraient-ils ça puisque tout est enregistré.

Foskey reposa son verre sur la table.

— Est-ce qu'on sait jamais ce qu'ils veulent pour être entièrement satisfaits ? Et quoi de plus irréfutable que de prendre Escoe en flagrant délit d'assassinat ? On a l'enregistrement dans lequel il prépare son coup et puis les faits parlent d'eux-mêmes.

Padgett était ivre de rage :

— Tout le monde voudrait savoir pourquoi nous ne sommes pas intervenus à temps pour vous sauver, protesta-t-il.

Elle était bien bonne ! J'éclatai de rire.

— Il nourrit encore l'illusion qu'il nous a sauvés, tu l'entends ?

Foskey reprit son verre et dévisagea l'agent fédéral.

— Je suis capable de vous dire ce que vous raconteriez. Rien qui n'ait de sens. (Il fit cul-sec et frissonna imperceptiblement.) Cela étant, je suis prêt à admettre que nous avons pu nous tromper sur votre compte et qu'il s'agit tout simplement d'incompétence.

Les deux agents ne parurent pas plus apprécier cette explication que l'autre. Mais qu'auraient-ils pu ajouter ?

27

L'interrogatoire se poursuivit au siège de l'antenne du F.B.I. où l'on avait également conduit Escoe et ses complices. Seul Roxon faisait défaut : il avait réussi à passer entre les mailles du filet. Mais il était assez gravement blessé et il n'irait sans doute pas bien loin.

J'étais en train de relire la transcription de ma déposition quand le commandant Randall entra dans le bureau. Il avait l'air tellement embarrassé que je me demandai s'il n'allait pas sortir son pistolet et se brûler la cervelle sous mes yeux.

— Excusez-moi de vous déranger, commença-t-il gauchement.

— Vous ne me dérangez pas.

— Je voulais seulement que vous sachiez que je n'ai rien à voir avec Escoe et que je suis totalement étranger à ses activités.

— Je l'ai compris au bout d'un certain temps mais je ne voyais pas comment j'aurais pu vous exposer ouvertement ma situation. Vous auriez exigé des preuves et elles avaient plutôt tendance à briller par leur absence.

— Je n'aurais pas été bouleversé de stupéfaction.

Il n'est pas possible chez nous de garder secret quelque chose d'aussi énorme. De nombreuses rumeurs m'étaient déjà venues aux oreilles.

— Ce n'était pas suffisant. Vous n'auriez pas agi sur la foi de simples on-dit.

— J'aurais peut-être pu vous aider à découvrir des faits concrets. Il y a quelques hommes en qui j'ai totalement confiance et qu'il m'aurait été possible de mettre sur cette affaire.

Je secouai la tête.

— Et eux, auraient-ils eu confiance en vous au point d'accepter de travailler pour un homme accusé d'avoir tué un de leurs collègues ? De simples soupçons ne leur auraient pas suffi. Et à vous non plus.

Nous nous dévisageâmes quelques instants en silence.

— Vous avez sans doute raison, finit-il par répondre. Je ne sais pas pour quoi je vais passer !

— Pour un bon flic. Et les bons flics sont toujours prudents.

— Ce sont des boniments.

— Je vous demande pardon. J'ai peur d'avoir employé un ton un peu condescendant.

— Inutile d'essayer de me mettre du baume sur le cœur.

— Enfin, cette histoire contribuera au moins à faire le ménage dans le corps de police. Ça devrait être un sujet de satisfaction pour vous, même si vous ne vous sentez pas le cœur à pavoiser.

— Oui. Nous avons mis la main sur les plus corrompus mais il faudra des mois pour que les services soient entièrement épurés. Déjà, nos effectifs n'étaient plus ce qu'ils étaient. Et Dieu seul sait combien d'hommes nous allons devoir révoquer ! Après un pareil scandale, qui aura encore envie de rejoindre nos rangs ? A l'heure qu'il est, une bonne partie de nos nouvelles recrues sont des illettrés quand ce ne sont pas purement et simplement des voyous qui cherchent à se camoufler en revêtant l'uniforme. (Il haussa les épaules.) Qui peut reprocher à un garçon sensé de refuser de patauger dans cette chienlit ? Les types valables démissionnent avant même que la tenue qu'ils ont touchée ait perdu son apprêt.

— Mais combien s'en vont parce qu'ils sont écœurés de voir des individus douteux bénéficier d'un avancement éclair ? Quand vous aurez donné un bon coup de balai, je suis sûr qu'il y en aura beaucoup plus qui resteront.

— Peut-être.

— Mais si. Et surtout si c'est un type bien qui prendra la place d'Escoe, quelqu'un que ses hommes respecteront et que personne ne pourra soupçonner d'avoir trempé dans ces magouilles.

— C'est un beau rêve. (Randall me tendit la main.) Mais peut-être que si nous restons vigilants, ça deviendra réalité.

Je lui serrai la main.

— On ne peut jamais savoir. Pourquoi la mairie n'aurait-elle pas un soudain accès de bon sens ?

— Attention ! Rêver est une chose mais avoir des hallucinations en est une autre ?

— Oui, c'est peut-être trop demander.

— Que comptez-vous faire, maintenant ?

— Chercher du travail.

— Vous allez reprendre votre place au *Daily News*, non ?

— Cette fois, c'est vous qui avez des hallucinations.

28

Ils nous gardèrent jusqu'à l'aube à enregistrer nos dépositions et à signer les procès-verbaux. La presse avait été alertée par l'intense activité de la radio de la police et des cameramen de la télévision, des reporters et des photographes faisaient le pied de grue devant le petit bureau où nous avions été conduits.

Foskey demanda — et obtint — l'autorisation de dormir deux heures sur un divan avant de rentrer chez lui mais, moi, je voulais m'en aller, même s'il fallait pour cela me frayer mon chemin à travers la horde des journalistes. Parmi eux se trouvait mon godelureau de l'autre jour qui mêlait sa voix au feu roulant des questions. Cette fois, je réussis à passer devant lui sans me mettre en colère. C'est beaucoup plus facile quand on a le vent en poupe.

Ed Doyle, le chroniqueur du *Daily News* chargé des questions relatives à la criminalité me rejoignit au cœur de la bousculade.

— Le colonel veut te parler, m'annonça-t-il. Ou je me trompe fort, ou tu vas être réintégré.

— Si tu te figures qu'une chose comme celle-là le fera revenir sur sa décision, c'est que tu le connais mal.

— Tu sous-estimes l'histoire que tu ramènes. C'est

le truc le plus énorme à Atlanta depuis l'affaire des enfants noirs assassinés. Et tu détiens des informations de première main.

J'essayai de me dégager.

— Je suis pressé. Je ne veux pas rater la voiture qui doit me ramener.

— Je te reconduirai, ma vieille. Je te répète que le colonel veut te voir. C'est le moment ou jamais de pavoiser, merde ! Tu vas faire un retour triomphal.

— Je suis trop fatigué pour avoir envie de pavoiser.

Mais il continua de me travailler au corps jusqu'au moment où je capitulai et acceptai sa proposition de me déposer au journal. Je me rendis compte à quel point j'avais les nerfs délabrés quand je passai une demi-minute à le traiter de tous les noms parce qu'il avait grillé un feu rouge. C'est drôle comme les petits risques banals et quotidiens prennent de l'importance quand on est passé à deux doigts de la mort. Lorsque j'avais été rapatrié du Vietnam, je crevais de frousse au milieu de la circulation.

Bien que ce ne fût encore que le point du jour, l'immeuble du *Daily News* était illuminé comme une fête foraine. Dans la salle de rédaction, la surexcitation était à couper au couteau. Dobbins n'était pas là, ce qui me procura un vif soulagement. Une poignée de vieux copains vinrent à ma rencontre pour me demander les uns si j'avais été blessé au cours de l'échauffourée, les autres si j'étais vraiment et entièrement libre. Et quelques-uns me congratulèrent. Je ne savais pas très bien pourquoi.

Le colonel ne se leva pas pour me souhaiter la bienvenue quand j'entrai dans son bureau aux cloisons de verre mais ce n'était pas fait pour m'étonner. Combien de fois ne l'avais-je pas entendu répéter qu'il s'était usé la plante des pieds à force d'assister à des milliers de défilés de marines.

— Asseyez-vous, me dit-il. Vous n'avez pas l'air tellement mal en point, somme toute, après toutes ces fatigues.

— Le chômage, ça me réussit.

— En tout cas, ça n'a pas l'air de vous avoir abattu. Vous avez créé l'événement en bon reporter que vous êtes.

— Je n'avais pas tellement le choix. Il n'y avait personne d'autre pour faire le travail à ma place. Tous les confrères semblaient disposés à me laisser tomber dans l'oubli après avoir fait les manchettes pendant cinq jours.

— J'aurais dû mettre davantage de monde sur cette affaire.

— Ou donner pour consigne aux gens qui étaient dessus de creuser réellement au fond des choses au lieu de se contenter de raconter les mêmes conneries que les autres. Quand je lisais les canards, c'est bien simple : j'avais presque l'impression d'être coupable.

Les rides qui creusaient le visage du colonel s'accentuèrent.

— Vous voulez que je vous présente mes excuses ? Eh bien, je vous les fais. Nous avons saboté l'affaire. J'imagine que le fait qu'un ex-reporter du *Daily News* était impliqué a joué inconsciemment pour m'empêcher d'approfondir vraiment l'histoire. Je craignais sans doute qu'un excès de zèle ne soit attribué à la volonté de protéger quelqu'un de chez nous.

— Bien sûr. Vous n'avez pas à vous excuser.

Il se pencha sur son bureau.

— Mais vous ne reprendrez pas vos anciennes attributions.

— Est-ce que je vous l'ai demandé ?

— Il aurait été logique que vous pensiez que c'était pour cela que je souhaitais vous voir. Et, de fait, je voudrais vous reprendre. Malheureusement, la petite altercation de l'autre jour est encore trop récente. J'espère vous revoir un jour dans cette maison quand le temps aura effacé les mauvais souvenirs.

— Vous ne me croirez peut-être pas, mais si vous m'aviez demandé de revenir, j'aurais répondu non.

— Je n'en suis pas autrement surpris.

Il se tut et le silence se prolongea plusieurs secondes.

— O.K., soupirai-je enfin. Je n'ai pas assez d'énergie pour attendre que vous vous décidiez. Si ce n'était pas pour me proposer de reprendre mes fonctions, pourquoi diable avez-vous envoyé Doyle me chercher ? Parce que je vous le dis comme je le pense : j'aimerais rudement mieux être dans mon lit.

— Je veux vous acheter votre reportage, répondit-il sans ambages.

— Quel reportage ? Vous avez tous les journalistes qu'il vous faut sous la main pour l'écrire.

— Ce qui m'intéresse, c'est ce qu'il y a dans votre tête. Vous n'avez rien de plus à faire qu'à passer quelques minutes devant le clavier d'une machine à écrire ou d'un terminal et ça sortira tout seul.

Je réfléchis un moment. Il avait raison. Ecrire ce reportage serait facile.

— Alors, votre idée, c'est de m'offrir une pige ?

— Ça vous mettrait le pied à l'étrier pour démarrer une nouvelle carrière. J'achète votre papier 4 000 dollars.

— C'est une somme coquette, j'en conviens.

Et qui me permettrait de régler pas mal de factures

à la traîne. Pourtant, je ne me précipitai pas pour saisir la balle au bond.

— Et ce ne sera très vraisemblablement que le premier de toute une série de reportages que nous vous confierons par la suite.

Maintenant, j'avais compris. C'était l'astuce qu'il avait trouvée pour continuer de m'employer sans avoir à se déjuger après m'avoir flanqué à la porte. Plus tard, il me verserait un salaire fixe et on laisserait tomber la façade de free-lance. Cela méritait considération. Et je cogitai là-dessus pendant une dizaine de secondes.

— C'est tentant, laissai-je finalement tomber. Mais je ne crois pas que ce soit possible.

— Quelqu'un vous a proposé de vous l'acheter plus cher ? gronda-t-il.

— Vous aurez sans doute du mal à le croire mais l'idée d'un reportage ne m'a même pas effleuré. J'ai eu beaucoup trop à faire rien que pour rester vivant.

Le colonel me scruta.

— Je vous crois. Faire la fine bouche pour essayer de faire monter les enchères n'est pas votre genre.

— Les autres journaux ne les lâcheraient qu'avec un élastique. Ils ont trop peur de faire de la publicité pour le *Daily News.*

— Erreur. Ils seraient preneurs justement parce que vous avez fait partie de la rédaction et ils penseraient que la publication de votre récit serait une épine dans le talon du *Daily News.*

Oui, il n'avait pas tort. Mais je ne me voyais pas faire du porte à porte dans l'espoir de placer mon reportage.

— Vous devriez réfléchir à mon offre, reprit le colonel.

— D'accord. (Je me levai.) Mais dans l'immédiat, il faut que je dorme un peu.

Il n'y alla pas par quatre chemins :

— Ce sera vite du réchauffé. Je baisserai le prix si nous ne pouvons pas publier votre article demain dans la première édition.

— Eh bien, attendez un peu avant d'établir vos prévisions budgétaires.

Je sortis, un peu exaspéré par ces manœuvres de pression de dernière minute, et j'espérais bien pouvoir quitter le journal sans avoir à supporter d'autres conversations. Mais quand les portes de l'ascenseur s'ouvrirent, Sharon Wellman en émergea.

— Oh ! Tu m'as fait peur ! s'exclama-t-elle. Tu es bien la dernière personne que je m'attendais à voir ici.

— Il ne s'agit que d'une brève visite et qui m'a été imposée. C'est dans mon lit que je voudrais être et c'est justement là que je vais.

— Le colonel t'a repris ?

— Non. D'ailleurs, je ne le lui ai pas demandé et j'aurais refusé, répondis-je sur un ton quelque peu acerbe. Il m'a offert un bon paquet d'oseille pour le compte rendu de mes aventures dans la jungle meurtrière.

— Tu as l'air d'avoir survécu à tes tribulations et avec tous tes abattis.

Le ton de sa voix fit fondre ma colère.

— Oui. Et je compte bien continuer.

Elle jeta nerveusement un coup d'œil autour d'elle mais il n'y avait pas un chat.

— Excuse-moi de ne pas t'avoir aidé davantage. J'aurais dû.

— N'y pense plus. Je te jure que ça ne m'a pas obsédé.

En signe de pardon, je la serrai contre moi.

— Je voudrais que tu me fasses une fleur, Bob. Si tu écris ce papier, ne fais pas allusion à moi. Même si les choses ont finalement bien tourné, mon chef de rubrique et le colonel ne seraient pas du tout contents d'apprendre que j'ai gardé le secret sur ta visite.

Il était manifeste que cela la tourmentait et l'idée peu charitable me vint que son grand souci, en apprenant mon succès, avait été de tout faire pour que je tienne ma langue.

— Tranquillise-toi. Je n'ai pas dit un mot là-dessus et je n'ai pas l'intention de changer.

— Merci, murmura-t-elle, visiblement soulagée. Si tu ne reviens pas au *Daily News,* reprit-elle, brisant un silence embarrassé, que vas-tu faire ?

— Trouver un autre boulot dans la presse quelque part ailleurs, je suppose, lui répondis-je en haussant les épaules.

— Comptes-tu prendre contact avec les autres journaux d'ici ?

Je secouai la tête.

— Non. J'ai brûlé mes vaisseaux à Atlanta et je présume que tous hésiteraient à m'engager après ce déluge de contre-publicité. Je sens un peu le fagot dans cette ville, je suis un peu un gibier de prison et il y aura toujours des gens pour croire dur comme fer que je suis un tueur fou qui a réussi à échapper à la justice.

— Eh bien (Elle jeta un coup d'œil à sa montre.) tu nous manqueras. Donne de tes nouvelles, Bob. Maintenant, il faut que j'aille au rapport sinon ils vont piquer leur crise à la rédaction. Ils veulent que ce soit moi qui signe l'article de fond.

Je l'embrassai et nous nous séparâmes en parvenant à garder les yeux secs. Je m'engouffrai dans l'ascenseur, pas trop assuré sur mes jambes. Ce ne fut qu'une fois sur le trottoir que je me rappelai que je n'avais pas de voiture pour rentrer. Je tambourinai à la porte en poussant un chapelet de jurons pendant cinq bonnes minutes mais comme personne ne faisait mine de m'ouvrir, je me fis finalement une raison et m'éloignai en traînant la patte avec le faible espoir de trouver un taxi.

29

Après que j'eus sémaphoré pendant dix minutes, il y eut, enfin, un bahut qui me chargea. Je me fis déposer en haut de la rue à deux pas de chez moi, là où j'avais abandonné la Nova. L'horizon commençait à s'éclairer. Je démarrai et parcourus les quelques mètres qui me séparaient de la maison. Pour une fois, je décidai d'entrer dans l'allée et de garer la voiture dans la remise au fond de la cour. Son toit était si pourri maintenant qu'elle ne servait plus à grand-chose mais cela me donnait un vague sentiment de protection et, après la soirée que je venais de passer, j'avais besoin de toute la sécurité possible.

Je glissai dans les cochonneries qu'avait laissées le chat sur la terrasse de derrière en réglant son compte à un oiseau ou je ne sais quelle bestiole. A une époque, je lui accrochai un grelot autour du cou mais il avait appris à le coincer sous son menton pour l'empêcher de tinter, et le massacre avait continué.

La porte de derrière donnait dans la buanderie. Quand je tendis la main vers le commutateur, je dérapai encore un coup. Je baissai les yeux pour voir ce que c'était — et me jurai d'étrangler ce maudit greffier. La petite vache ! Il avait réussi à entrer avec l'écureuil et la musaraigne qu'il avait capturés, laissant un sillage ensanglanté derrière lui.

Je suivis ses traces de la cuisine jusqu'au vestibule avant que la vérité pénètre enfin mon cerveau que l'épuisement avait rendu cotonneux : le chat n'avait en aucun cas pu passer par la porte de derrière et, n'importe comment, il était invraisemblable que ces taches de sang soient encore fraîches.

Je n'avais pas allumé dans la cuisine de sorte que le vestibule était plongé dans une obscurité presque totale. Dans la pièce donnant sur l'entrée, les premières lueurs de l'aube caressaient les fenêtres. Ce n'était pas seulement la logique qui m'avertissait qu'un corps chaud était là, tapi quelque part dans l'ombre à m'attendre en perdant son sang : je sentais sa présence physique. C'était comme si un voile maléfique était tombé sur mon âme.

Je battis lentement en retraite en direction de la cuisine dans l'intention bien arrêtée de me ruer sur la porte de service. Il ne me restait plus beaucoup de tonus mais la peur est un remède miracle pour vous donner un second souffle. Seulement, les choses ne se passèrent pas de la manière que j'espérais.

— Bouge plus, Whitfield. Tu te découpes formidablement dans l'ouverture de la porte. Même en y mettant du mien, je ne pourrais pas te rater.

C'était Roxon. Quelque chose m'avait dit que je n'en avais pas fini avec lui.

— Qu'est-ce que vous faites ici, Roxon ?

Il exhala une sorte de ricanement amer.

— J'ai suivi ton exemple. Sans toi, l'idée ne m'en serait pas venue.

— Qu'est-ce que vous voulez dire ?

— Quand les autres nous ont sauté dessus dans le parking, j'ai été touché. Une sale blessure mais j'étais quand même capable de marcher. Aussi, pendant qu'ils cavalaient après Escoe, toi et le reste de la compagnie, j'ai réussi à me faufiler entre les bagnoles et à sortir du parking. Mais où voulais-tu que j'aille ? Dans la minute qui suivrait, ils seraient chez moi.

— Je crois que je commence à voir où vous voulez en venir.

— J'ai toujours dit que tu étais un malin. Tu avais choisi la plus improbable des planques en te réfugiant au Liberty. Alors je me suis dit que je n'avais qu'à t'imiter.

— N'oubliez pas que dans mon cas, ça a foiré.

— Moi, ça foirera pas. Parce que je n'aurais pas besoin de rester longtemps caché.

— Comment comptez-vous faire pour quitter la ville ?

La question déclencha un véritable accès d'hilarité mais la soudaineté avec laquelle elle s'interrompit montra qu'il souffrait atrocement.

— Je ne la quitterai pas. J'ai déjà eu assez de mal pour arriver jusqu'ici.

— Comment avez-vous fait le chemin ?

— Presque entièrement à pied. J'ai trouvé un taxi mais le chauffeur me regardait avec trop d'attention. Je suis descendu, je l'ai payé et j'ai continué à marcher. (Sa voix se durcit.) J'ai dû faire plus de trois kilomètres. Mais ça en valait la peine puisque je suis là, maintenant.

— Vous avez dû perdre une quantité de sang. Vous ne voulez pas que j'appelle un médecin ?

— Vous ne comprenez pas encore, hein, Whitfield ?

Si, je commençais à comprendre mais je n'avais aucune envie d'exprimer mes craintes à haute voix.

— Je suis un homme mort, reprit Roxon. Un homme mort depuis que le scandale a éclaté. Si je vais en prison, je n'en ressortirais que les pieds devant.

— Vous serez selon toute probabilité incarcéré dans une prison fédérale quatre-étoiles où votre plus gros souci sera de vous décider entre le tennis et la piscine.

— N'essayez pas de me baratiner, Whitfield. Les prisons, je les connais. J'y ai travaillé. Et je sais de combien j'écoperai. Les prisons palaces, c'est peut-être possible pour les politiciens. Moi, j'en baverai, et dur. (Il avait raison et il était trop averti pour que je puisse le leurrer avec de faux espoirs.) N'importe comment, ma blessure règle la question. Avec tout le sang que j'ai perdu en route, il ne me reste plus longtemps à vivre. A vrai dire, je devrais déjà être mort. Si je suis encore en vie, c'est seulement parce qu'il fallait absolument que je te voie.

Je persistai dans mon mutisme. Avec lui, j'aurais dû prendre depuis longtemps l'habitude de la fermer. Au lieu de ça, à chacune de nos rencontres, je m'étais ingénié à l'asticoter.

— Tu nous as piégés en artiste, Whitfield, enchaîna-t-il. Chapeau !

— Ma surprise a été aussi grande que la vôtre mais je n'arriverai sûrement pas à vous en convaincre. C'était Foskey qui savait que les feds écoutaient tout ce que vous disiez et qu'ils étaient prêts à vous arrêter.

— Foskey, c'est rien de plus qu'un vieil alcoolo.

N'empêche que ce que je lui avais dit le faisait gamberger. J'aurais peut-être une meilleure chance plus tard mais attendre était un risque que je ne pouvais pas me permettre de courir.

— Oui. C'est un alcoolo mais c'est pourtant lui qui a monté toute l'affaire, pas moi.

Je fis volte-face et retournai vers la cuisine.

Roxon fit feu par deux fois. Une des balles brûla ma chemise au passage. Je plongeai et me ruai à quatre pattes sur le buffet pour en sortir le tiroir à argenterie mais je n'en eus pas le temps. Pour un moribond, le sprint de Roxon était quelque chose d'assez remarquable. Un troisième projectile érafla le formica.

De l'autre côté de la petite table, des casiers à bouteilles — ma cave ! — étaient empilés devant le mur. J'empoignai un litron au moment où Roxon surgissait. La bouteille décrivit un arc serré avant de s'abattre en plein milieu de son front. Il s'écroula mollement comme une poupée de son et ne bougea plus. D'un coup de pied, je fis glisser son revolver à l'autre bout de la cuisine, puis allai décrocher le téléphone. J'avais toujours la bouteille à la main. J'en avais vu des centaines éclater en morceaux dans les batailles de saloons à la télé. La mienne avait rebondi sur le frontal de Roxon comme un marteau en caoutchouc.

J'appelai les flics et les flics appelèrent une ambulance. Le commandant Randall était à la tête du contingent qui se présenta. Quand il eut enregistré ma déposition, il s'assit à côté de moi sur le divan.

— Il a perdu beaucoup de sang et vous l'avez sérieusement amoché avec votre bouteille, Whitfield, mais le toubib pense qu'il s'en tirera.

— Ça alors ! Vous voulez dire qu'il s'est lancé dans cette aventure mirobolante pour rien ? Quel imbécile !

Randall s'était emparé de la bouteille et était fort occupé à l'examiner.

— Vous buvez de ce pinard ordinaire ?

— Ordinaire ? Vous avez de ces mots, vous ! C'est bien la bouteille de vin la plus précieuse que j'ai jamais eue en ma possession !

30

Enfin, j'étais seul. Plus de flics, plus d'assassins, plus rien pour déranger un ex-reporter fourbu. Je me laissai choir sur mon lit sans même prendre la peine de me déshabiller.

Pourtant, bizarrement, le sommeil refusait de venir. Au-delà d'un certain degré de fatigue, on est trop exténué pour pouvoir dormir. Le corps a tellement lutté pour ne pas céder au besoin de repos qu'il est bloqué comme une transmission dont le débrayage est cassé.

Pendant un bout de temps, je passai en revue les possibilités de carrière qui me demeuraient ouvertes. Cela exigeait un gros effort d'imagination. J'étais peut-être un utopiste mais j'avais encore l'espoir de trouver un jour un journal ou une agence de presse quelconque respectant les reporters qui font bien leur travail, qui barrerait les crétins dépourvus de talent et soutiendrait les membres de la rédaction dans les moments difficiles. Si je dégotais un canard de ce genre, le salaire que je toucherais n'aurait qu'un intérêt relatif. Dieu seul savait où je dénicherais cet oiseau rare mais une chose était sûre ; ce ne serait pas à Atlanta. Il faudrait des années pour que la poussière retombe et que je puisse de nouveau y exercer mon métier. Et c'était lamentable parce que j'aimais cette ville.

Allongé sur mon lit, les yeux au plafond, je me sentais totalement vide. Jusque-là, après l'action, j'avais toujours été capable d'écrire mon histoire. Pas seulement parce que c'était mon gagne-pain : c'était, aussi, une espèce de catharsis qui me permettait de tourner la page et d'être prêt pour la mission qui suivrait.

Mon enquête, je pouvais encore la mettre noir sur blanc mais faute de la voir publiée, c'était là un exercice qui me paraissait oiseux. Aucun des trois quotidiens locaux ne m'achèterait ce papier.

J'allumai une cigarette. Il y avait quand même quelques canards en dehors d'eux, pour la plupart des petites feuilles indépendantes avec un article de fond, une rubrique gastronomique et des critiques de films. Et il existait encore un hebdo à bout de souffle qui s'efforçait contre vents et marées de maintenir vivante la tradition du refus des compromissions dont s'enorgueillissait la presse dite marginale, indissociable d'Atlanta depuis l'époque où les baba-cool de l'ancien quartier hippie de la 10e Rue vendaient *The Great Speckled Bird* aux carrefours. Ce qui en survivait n'était plus qu'un pathétique fantôme. Mais il survivait.

Je sortis la Nova de la remise et me rendis à l'immeuble qui abritait provisoirement le siège de l'hebdo. En un an, il avait déménagé trois fois. Mon idée première était de vérifier l'adresse, puis de prendre mon petit déjeuner quelque part mais il y avait de la lumière et je frappai. Un type qui avait des cheveux partout et en qui je reconnus le rédacteur en chef de la publication m'ouvrit. A ma vue, son expression se modifia.

— Vous êtes Whitfield, non ?

— Vous sortez le journal aujourd'hui ? (Il hocha la tête.) Eh bien, vous allez devoir changer votre première page.

*
* *

La matinée était bien avancée quand je terminai mon article. Je n'en pouvais plus. Enfin, j'allais pouvoir manger un morceau et dormir un peu. Le rédacteur en chef qui lisait les feuillets à mesure que je les sortais de la machine avait toutes les peines du monde à ne pas sauter au plafond.

— C'est sensationnel ! On va doubler notre tirage avec ça. (Cela lui rappela quelque chose.) Et je double le tarif normal. C'est le papier le plus fumant que j'ai jamais eu entre les mains.

— Quel est le tarif normal ?

— Vingt-cinq dollars.

Le meilleur reportage de toute ma carrière — un reportage qui avait presque mis un terme à ma carrière — allait me rapporter cinquante dollars, pas un fifrelin de plus ! Mais si je devais être pendu au téléphone pour chercher un emploi, j'allais avoir besoin de chaque centime que je pourrais récupérer pour appeler l'interurbain.

— D'accord, faites-moi un chèque et je file.

Mon interlocuteur parut embarrassé.

— Vous ne pourriez pas patienter jusqu'à lundi ?

— Bien sûr.

Ce garçon avait un brillant avenir comme administrateur de presse.

DU MÊME AUTEUR

Aux Éditions Gallimard

Dans la collection Série Noire

L'AFFAIRE EST DANS LE LAC, *n° 1925*

CAME DANS LE COIN, *n° 1929*

SÉRIE NOIRE

Dernières parutions :

1865. — FAUT PAS AVOIR HONTE . . . . *Arthur Lyons*
1866. — POUR QUI SONNE LE CLAP . . . . *Stuart Kaminsky*
1867. — LA PISCINE BALADEUSE . . . . *E. V. Cunningham*
1868. — LES DAMNÉS DU BITUME . . . . *Richard Stevenson*
1869. — AU DOIGT ET À L'OREILLE . . . . *Ross Thomas*
1870. — LE PORT DE LA MAGOUILLE . . . . *Dan Kavanagh*
1871. — GRAFFITI ROCK . . . . *Tito Topin*
1872. — FAUSSES NOTES . . . . *Ed McBain*
1873. — MATCHO ET LES FOURMIS BLANCHES . . . . . *Bialot & Courchay*
1874. — JAZZ GANG . . . . *H. Paul Jeffers*
1875. — L'ENNEMI PUBLIC N° 2 . . . . *Gérard Lecas*
1876. — RETOUR EN FLÈCHES . . . . *Robert J. Steelman*
1877. — LE RESPECT SE PERD . . . . *Christian Garrison*
1878. — LES COW-BOYS DEHORS ! . . . . *Edmund Naughton*
1879. — DARLING DOLLAR . . . . *Raf Vallet*
1880. — ARRÊTEZ LE CINOCHE ! . . . . *Evan Field*
1881. — LE BOUCHER DES HURLUS . . . . *Jean Amila*
1882. — LA SAUTERELLE ET LE DIRIGEABLE . . . . . *Walter Wager*
1883. — FRIC EN VRAC . . . . *Gérald Petievich*
1884. — LA VIERGE DE GLACE . . . . *Marc Behm*
1885. — QUI VOUS PARLE DE MOURIR . . . . *G. Carré & D. Cohen*
1886. — COUP DE CHALEUR . . . . *Ed McBain*
1887. — PLANQUE À BILLETS . . . . *Gérald Petievich*
1888. — LES ANGES ONT CES YEUX-LÀ . . . . *Loren D. Estleman*
1889. — BRELAN DE NIPPONS . . . . *Tito Topin*
1890. — LES AZTÈQUES SONT TOUJOURS LÀ . . . . . . *Paul Spike*
1891. — KAMERAD . . . . *Alan Scholefield*
1892. — LE CAVALIER MAUDIT . . . . *James Sherburne*
1893. — UN ÉTÉ GLACÉ . . . . *Philippe Conil*
1894. — UN CLOWN EN CAGE . . . . *Stuart Kaminsky*
1895. — C'EST PAS UN MÉTIER . . . . *Bill Pronzini*
1896. — JE TUE À LA CAMPAGNE . . . . *Paul Clément*
1897. — LA FUGUEUSE ENCHANTÉE . . . . *Robert B. Parker*
1898. — CHAUDS LES BALLONS . . . . *John D. MacDonald*
1899. — LA NUIT N'EN FINIT PAS . . . . *Arden Winch*
1900. — AUX ARMES, MÉGALOS . . . . *Raf Vallet*
1901. — LA PÉTROLEUSE ET LE PUR-SANG . . . . *James Sherburne*
1902. — LE SOLEIL QUI S'ÉTEINT . . . . *Robin Cook*

1903. — RUE DU CHAT CREVÉ .... *Joseph Bialot*
1904. — LA MARIÉE EST TROP MORTE .... *John D. MacDonald*
1905. — 55 DE FIÈVRE .... *Tito Topin*
1906. — TOUT DANS LE COFFRE ! .... *Loren D. Estleman*
1907. — LADY TÊTE-DE-LARD .... *Hardiman Scott*
1908. — LA VALSE DES PAVÉS .... *John Wainwright*
1909. — ELLE A DU CHOU .... *Robert Leigh*
1910. — CORRIDA DANS LE MÉTRO .... *David Serafín*
1911. — CHÈQUE AU FLINGUEUR .... *Adam Kennedy*
1912. — PETIT PAPA POURRI .... *Joseph Hansen*
1913. — APRÈS VOUS, MON PRINCE .... *John Pearson*
1914. — LA MORT TOURNE EN ROND .... *Chris Wiltz*
1915. — L'ASSASSIN EST AU CIEL .... *William Bayer*
1916. — LES MINUTES DE SILENCE .... *Jack Livingston*
1917. — CHAUDES BISES .... *Marie & Joseph*
1918. — PIÈGE POUR KING-KONG .... *Ed McBain*
1919. — ON NE MEURT QUE DEUX FOIS .... *Robin Cook*
1920. — 14e NOCTURNE .... *Tito Topin*
1921. — TOUT LE MONDE SE TIRE .... *Michael Z. Lewin*
1922. — TROTSKI SE FAIT LA PAIRE .... *Richard Hoyt*
1923. — C'EST DE FAMILLE ! .... *Joseph Hansen*
1924. — MON POTE LE VENDU .... *Bill Pronzini*
1925. — L'AFFAIRE EST DANS LE LAC .... *Richard A. Moore*
1926. — LE FILS DU VENT .... *Jean-Paul Demure*
1927. — LE DIABLE ET SON JAZZ .... *Nat Hentoff*
1928. — LA VEILLÉE DES ROMBIÈRES .... *Max Collins*
1929. — CAME DANS LE COIN .... *Richard A. Moore*
1930. — LE CHIEN DE MONTARGIS .... *Jean Amila*
1931. — LA CHASSE AUX FURONCLES .... *Frank Parrish*
1932. — ROCK BÉTON .... *Luc Vernon*

Prochain volume à paraître :

1934. — LE TARÉ .... *Michaël Collins*

Impression Bussière à Saint-Amand (Cher),
le 14 septembre 1983.
Dépôt légal : septembre 1983.
Numéro d'imprimeur : 1931.

ISBN 2-07-048933-7/Imprimé en France.

32614